你的童年有故事相伴吗？

祁丽珠 ◎ 主编

思杨　墨非莫梦 ◎ 编委

社会主义核心价值观

好家教成就好家风

SPM
南方出版传媒
全国优秀出版社
全国百佳图书出版单位
广东教育出版社
·广州·

图书在版编目（CIP）数据

你的童年有故事相伴吗？/ 祁丽珠主编. —广州：广东教育出版社，2016.6

（践行社会主义核心价值观. 好家教成就好家风）

ISBN 978-7-5548-1268-6

Ⅰ.①你… Ⅱ.①祁… Ⅲ.①家庭教育 Ⅳ.①G78

中国版本图书馆CIP数据核字（2016）第176187号

责任编辑：陈定天　田　晓　高　斯　蚁思妍
责任技编：刘莉敏　黄永坚
装帧设计：友间文化
插画绘制：广州星梦动漫设计有限公司

你的童年有故事相伴吗？
NIDE TONGNIAN YOU GUSHI XIANGBAN MA？

广东教育出版社出版发行
（广州市环市东路472号12－15楼）
邮政编码：510075
网址：http：//www.gjs.cn
广东新华发行集团股份有限公司经销
天津创先河普业印刷有限公司印刷
（天津宝坻经济开发区宝中道北侧5号5号厂房）
889毫米×1194毫米　32开本　4.25印张　107 000字
2016年6月第1版　2020年10月第1次印刷
ISBN 978-7-5548-1268-6
定价：20.00元

质量监督电话：020-87613102　邮箱：gjs-quality@gdpg.com.cn
购书咨询电话：020-87615809

在少年心中，种下宏观梦

2014年2月24日，习近平总书记在主持中共中央政治局关于"培育和弘扬社会主义核心价值观、弘扬中华传统美德"的第十三次集体学习时发表了讲话。他指出，核心价值观是文化软实力的灵魂、文化软实力建设的重点，要"把培育和弘扬社会主义核心价值观作为凝魂聚气强基固本的基础工程"。总书记的讲话，高屋建瓴，提纲挈领，一语点出了社会主义核心价值观在新时期对于我国的重要意义。

翻阅华夏近代以来的漫漫历史长卷，让人不禁沉思：我们的祖国和人民历经了无数的战火与磨难，辛酸与屈辱，却始终不曾屈服退缩，反而越战越勇。且将这种不屈不挠的精神世代相传。今天的社会主义建设事业空前繁荣，放眼未来，更是前程似锦。溯古观今，我们不禁要问：究竟是什么力量，指引着中国人民自告奋勇，为国奉献？究竟有什么魅力，让一批又一批建设者为了祖国的繁荣富强卧薪尝胆，战天斗地？到底是一种什么样的思想激励着广大建设者无悔无怨？到底是一种怎样的追求鼓舞着各位劳动者勤恳付出？

世界上唯有力量和精力是借不来的，而社会主义核心价值观的精神所在正是这一力量和精力。由此，社会主义核心价值观的重要意义就显现出来了。

梁启超在《少年中国说》中的著名论断"少年强则国强"，至今仍是至理名言。而这种强，绝不仅仅是体魄强、智力强，更重要的应该是"三观强"。青少年不仅是祖国的未来，也承载了祖国的希望，只有在他们心中构建起坚定而不容撼动的世界观、人生观与价值观,才能在实现中华民族伟大复兴这一"中国梦"的征程中不受"歪门邪道"的干扰,立场坚定,斗志昂扬,一往无前。

作为一名老教育工作者,自己在深入学习社会主义核心价值观的同时,也常常思考,对于世界观、人生观与价值观尚未发展成熟的青少年而言,如何对他们进行行之有效的社会主义核心价值观的渗透和教导呢?

面对追求个性、厌烦说教、偏爱趣味性学习的青少年,一味地对他们进行空洞说教和灌输教育,往往会适得其反,得不到想要的效果。而孩子的天性喜欢听故事、讲故事,在故事中学习应该是一种收效甚好的教育方式,同时也是增进亲子关系的有效方法。

《践行社会主义核心价值观:好家教成就好家风》系列丛书正好适合孩子的生长发育特点,从孩童的兴趣出发,希望他们在阅读中能够深刻理解社会主义核心价值观对自己、对家庭乃至整个社会未来发展的重要意义。

从小培养孩子形成正确的价值观除了学校,父母也要肩负一份责任。本套丛书跳脱出以理论说教的编写模式,分别从童年故事、名人家风故事与名人家书三个角度出发,为我们的父母和孩子展现了社会主义价值观不同寻常的别样魅力。本套丛书思想深刻,理论清晰,编写结构新颖,语言通俗易懂,故事典型,可谓亲子共同学习社会主义价值观的最佳读本。

爱国主义的展现,公正社会的构建,敬业友善的奉献,社会主义核心价值观已经成为维系中国社会的繁荣与昌盛的精神纽带。在此寄语广大青少年:要努力学习,躬身实践,自觉将社会主义核心价值观内化于心,用满腔热血和才华,继承社会主义建设的伟大事业,让中华民族恒久屹立于世界民族之林!

王玉学
2016年6月

(王玉学,广东省教育厅关心下一代工作委员会主任)

目 录

第一章
千年故事，你知多少？
一 是谁创造了汉字 / 2
二 像山一样 / 6
三 凿出来的河——京杭大运河 / 7
四 丝绸之路的开拓 / 10
五 千年文物秀风采 / 12
六 十二生肖的由来 / 14

第二章
哲理故事，让人奇思妙想？
一 偃师造人 / 22
二 扁鹊换心 / 23
三 心窗 / 25
四 让我来想想办法 / 27
五 曲别针的一万种用途 / 29
六 你会卖报纸吗 / 31

第三章
启发故事，就能开发潜能？
一　发挥潜能的舞台 / 36
二　后生可畏 / 37
三　一个时间只能做一件事 / 39
四　改变自己 / 40
五　失败先生与成功先生 / 42
六　天高不算高 / 45
七　让阳光拐个弯 / 47
八　少年猎手 / 50

第四章
好学故事，促进头脑风暴？
一　鲁迅对寿先生 / 56
二　孔子拜师 / 57
三　神童解缙 / 58
四　听书熟记 / 60
五　盲童变成了著名诗人 / 61
六　如果我能唱 / 63

第五章
亲子故事，可以传递幸福？
一　手心里的字 / 66
二　宝剑传给谁 / 67
三　胜负与爱相比 / 70

四 父爱没有力学 / 71
五 一条胳膊和一条腿 / 73
六 不喝水的老牛 / 74
七 我身上裹着的是我的父母 / 76

第六章
美德故事，培养无限爱心？

一 舜种麻籽 / 80
二 吴王和蛤蟆的故事 / 82
三 以贤德为人 / 85
四 花王斗女皇武则天 / 86
五 颜回拾金不昧 / 89
六 女化蚕 / 91
七 仁鹿护群 / 93
八 义牛传 / 95

第七章
趣味故事，快乐无比一生？

一 电视机的遭遇 / 98
二 愚人节 / 100
三 小阿凡提的故事 / 102
四 环境卫士 / 104
五 书呆子 / 106
六 傻子学习 / 107

第八章
寓言故事，保证脑洞大开？
　　一　开天辟地 / 112
　　二　八仙过海 / 114
　　三　海上的守护神 / 116
　　四　海豚知音 / 118
　　五　凤凰躲上天 / 121
　　六　神奇的树根 / 123

第一章

千年故事，你知多少？

一 是谁创造了汉字

"世界上有一个伟大的国家,她的每个字都是一首优美的诗,一幅美丽的画,你要好好学习。"这是印度开国总理尼赫鲁对女儿说的话。他说的那个"伟大的国家"是哪一个呢?也许你已经猜到了,他说的是中国,而如诗如画的字则是汉字。我们都知道,古印度和中国一样,也是四大文明古国之一,对世界文化的影响十分深远。人人都是热爱自己国家及其文化的,何况这样一个曾经有过辉煌历史的国家,但是,为什么她的总理会把如此高的赞誉给予她的近邻呢?

只能说,我们的汉字实在太不一般了!汉字是迄今为止世界上连续使用时间最长的文字,也是上古时期各大文字体系中唯一传承至今的文字，有人将它列为中国第五大发明。在中国的历史长河中，历朝历代都将汉字作为主要官方文字。这样一种文字，你想认识吗？一起来找寻汉字的故事，感受汉字之美吧！

那么汉字究竟是如何起源的呢？它的发明者到底是谁呢？传说，一个叫仓颉的人创造了它。仓颉又叫"仓颉"，据说是黄帝手下的一名小官。那时候，有许多的原始部落，黄帝是其中一个部落的首领。在他的手下，人们都有明确的分工，仓颉被委派的任务是统计圈里牲口的数量和粮库里屯粮的多少。别看这是个小活儿，由于古时候没有文字，也没有记录数字的符号，这个小活儿干起来一点儿也不轻松！

仓颉很聪明，一开始，他把黄帝交代的事务管理得井井有条，可是随着部落的发展壮大，牛羊多了起来，存积的粮食也开始数不过来了，仓颉乱了手脚。就算他再聪明，也没法子全部记住，一点儿都不出差错呀，这可怎么办呢？

那个时候，部落里比较流行发明创造，仓颉在旁人的刺激下，也整天整夜地想解决办法。"叮！"有一天，一个主意突然从他脑海里冒了出来。他想，如果用不同颜色的绳子来代表不同的牲口和粮食，然后再根据牲口和粮食的数量，在对应的绳子上打上相同数量的结，减少了就解开，增加了就再打结，这不就解决了不能准确地记住所有物品数量的问题吗？真是个好主意！

这个法子果然有效。后来，仓颉又进一步发明了效率更高的办法：在绳结上挂小物件，取下来挂上去更方便。黄帝见仓颉这么能干，非常赞赏他，就把越来越多的事情交给他管理。比如，每年举行祭祀的次数，每次打猎战利品的分配，部落里人丁的增减……仓颉又一次乱了手脚，原来的办法渐渐又不顶用了。

这可怎么办？仓颉一边用老办法手忙脚乱地对付着，还叫越来越多的人一起帮他的忙，一边在业余时间苦思冥想。可这一次，他想了很久也没想出什么办法。

这一年，黄帝派仓颉跟一支巡狩的部队一起前往南方打猎。一天，他登上了现在位于陕西省洛南县的阳虚山，这山与对面的元扈山隔着洛河遥相对望。仓颉登上阳虚山山顶后，往下看见洛河水奔腾东流而去。突然，他看到了一只大龟，那龟半浮在水面上缓缓地游，只见它的龟背上有许多青色的花纹。

仓颉脑海中突然灵光一闪，有了一个主意！受到龟背花纹的启发，仓颉心想：这花纹的不同，能表示每只龟的不同，也就是说每个花纹都有一定的含义。如果我，模仿这龟的花纹，创造出许多不同的纹样来，定下规则，给每个纹样都赋予不同的含义，就能表达不同的意思，传达心意，记载事情了。想清楚了这一点，仓颉高兴得拍掌欢呼起来。

然而，他高兴得太早了。这个主意说起来简单，但人的心意千变万化，人们需要记载的事情也万万千千，要将它们画成几个花纹、符号，并一一记住，谈何容易！

为此，巡狩回来的仓颉就像着了魔，日思夜想，到处观察，仿佛要穷尽天地之间的所有变化，不仅天天仰着头看星星看月亮，看它们的分布和阴晴圆缺，还天天低着头看山川河流、鸟兽鱼虫、草木物品，手里还常常抓着一只乌龟盯着它的背研究来研究去。周围的人都不知道仓颉在干什么，而他总是喃喃自语，说快了、快了。人们也不知道究竟什么快了，只要他干好了分内的事就随他去。

就这样过了几年，仓颉天天观察、描摹自然界的一切事物，尝试创造各种各样的符号来代表它们，终于制造出了一套成熟的符号，并给每个符号都定下了它所代表的含义，把它们组合起来，用来表达完整的意思。

多年的埋头苦干终于成功了，仓颉赶紧拟了一段话，按其意思相应的符号凑出了一篇文字，拿给周围的人看。人们一边看，他一边解说，很快大家都明白了这几段符号的意思。这个试验取得了很好的效果，一下子就在部落里传开了。

黄帝知道了这件事以后，就派人把仓颉召到自己的账里，关心地问道："仓颉，听说你又发明了一种新的管事办法，大家都说这方法很管用，可是我还不解，来，你说来我听听。"

"其实这个办法很简单！我看到鸟兽鱼虫乃至天地万物都有自己的脚印或痕迹，我们能根据不同的脚印判断出不同的动物。同样的道理，不同的形状也能代表不同的东西，比如河流是一条长线，月亮是弯的……那么，我模仿这些东西的样子制造出不同的画符，不就能用它们表达不同的意思了吗？"

黄帝听了仓颉的讲解，低头沉思起来。不一会儿，他就悟出这种方法的意义，大声称赞仓颉："妙啊！你的方法太好了，人们的生活将因此而改变，后人一定会记住你的！你打算给你创造的这些画符起个什么名字呢？"

"这个想法是从龟纹里获得启发，就叫它'文'吧。"

"好！仓颉，我现在就派你到各个部落去传授这个'文'，让人们都能使用这种方式来提高做事情的效率！"

"遵命！"

从此以后，仓颉的工作就变成了专职造"文"和管理他所创造的这些"文"。于是，这一套符号系统变得越来越丰富，越来越复杂，也慢慢地走向成熟。渐渐地，每个"文"有了它所对应的发音，被进一步叫作"字"。"字"开始大行其道。

东岳泰山
北岳恒山
中岳嵩山
南岳衡山
西岳华山

二 像山一样

  人们总是将山比作父亲，将水比作母亲。是的，大山往往都高大、伟岸，给人以坚强与可依靠的感觉，也能带给人安全感。但你千万别以为山只有这样一种特点、一种性格，每一座山都有它特有的灵魂，就像每一位父亲有着独有的性格，如泰山之雄伟，华山之险峻，峨眉山之秀丽，珠峰之挺拔；庐山有瀑布，雁荡山有巧石，长白山有天池，花果山有传说……

  有的山，巍峨壮观、气象万千，像庄重而不苟言笑的严父；有的山，旖旎秀丽、千姿百态，仿佛是温柔细腻的慈父；还有的山，与宗教、文化融为一体，又像是博学的师长，底蕴十足。

  这些著名的山岳，象征着中华民族的姿态、变化，不断吸引着人们来竞相攀登、欣赏与景仰。你也应该去见识一下，甚至膜拜一下。

我国最著名的山包括"三山五岳"。五岳指的是东岳泰山，地处山东省泰安市；西岳华山，坐落在陕西省华阴市南；北岳恒山，位于山西省大同市浑源县；南岳衡山，地处湖南省中部的衡山县境内；中岳嵩山，则坐落在河南省登封市北。

传说中的"三山"因是"神仙"居住的地方，更是格外受到古人的神往。《史记》载："齐人徐福等上书，言海中有三神山，名曰蓬莱、方丈、瀛洲。"从此以后三山的名字，便在古代小说、戏曲、笔记中经常出现。不过，《史记》中的三山是传说，是不存在的。旅游者们口中的三山是后来闻名遐迩的旅游胜地，指的是安徽黄山、江西庐山与浙江雁荡山。

三 凿出来的河
——京杭大运河

举世闻名的京杭大运河，是世界上开凿最早、最长的一条人工河道。为什么它被称为"运河"呢？运河，是人工开挖用于通航运粮的河。京、杭则分别指的是北京与杭州，它们分别是京杭大运河的起点和终点。

190.25公里的苏伊士运河建成后，大大缩短了从亚洲各港口到欧洲去的航程，马克思将其称之为"伟大的航道"。总长82公

里的巴拿马运河，被誉为"世界七大工程奇迹"之一和"世界桥梁"。上述两条河流，被誉为世界上最具有战略意义的两条人工水道。但与长达1797公里的中国京杭大运河相比，它们却在多个方面黯然失色。

京杭大运河在西方被称为"帝国运河"。对于这项不借助任何机械而完全由人力完成的工程，欧洲人也是早有耳闻。尽管它没有展现出穿凿隧洞、跨越峡谷等高难度施工技术，但其长度与宽度已足以让欧洲人对这项人类工程结晶发出由衷的感叹和尊敬。

京杭大运河从公元前486年始凿，至1293年全线通航，前后共持续了1779年。在漫长的岁月里，京杭大运河主要经历三次较大的兴修过程。隋朝时，隋炀帝动用几百万人，开凿贯通了大运河，这为以后国家经济文化的空前繁荣做出了巨大贡献。京杭大运河从隋代开始全线贯通，经唐宋发展，最终在元代沟通了海河、黄河、淮河、长江、钱塘江五大水系，并流经北京、河北、天津、山东、江苏、浙江六个省市。京杭大运河全长1797公里，成为贯通南北的大动脉。

京杭大运河显示了我国古代水利航运工程技术领先于世界的卓越成就，留下了丰富的历史文化遗产，孕育了一座座璀璨明珠般的名城古镇，大运河与长城同是中华民族文化身份的象征。2014年，京杭大运河被列入世界文化遗产名录，因此保护好京杭大运河，是我们每个人的责任，这对于传承人类文明，促进社会和谐发展，具有重大的意义。

古人为感叹京杭大运河的丰功伟绩，写下了很多诗词。

【运河诗词】

汴河怀古　【唐】皮日休
尽道隋亡为此河，
至今千里赖通波。
若无水殿龙舟事，
共禹论功不较多。

译文：
大家都把隋朝的灭亡归咎于这条运河，可直到今天，南北几千里的航运却都要靠它。假如隋炀帝当年没有乘龙舟游幸江南的荒唐行径，把他跟治水的大禹来比较，功劳也差不多。

泊船瓜洲　【宋】王安石
京口瓜洲一水间，
钟山只隔数重山。
春风又绿江南岸，
明月何时照我还？

译文：

京口与瓜洲只有一水之隔，钟山也只要翻过几座山头就到了。春风又一次给江南披上绿装，可是天上的明月什么时候才能照着我回到故乡呢？

四 丝绸之路的开拓

你知道著名的"丝绸之路"是谁开拓的吗？那就是西汉时期伟大的探险家——张骞。

张骞是汉武帝时期的人。公元前139年，他受命率人前往西域，寻找并联络曾被匈奴赶跑的大月氏，合力进击匈奴。

张骞一行从长安起程，经陇西向西行进。一路上日晒雨淋，风吹雪打，环境险恶，困难重重。但他信心坚定，不顾艰辛，冒险西行。当他们来到河西走廊一带后，就被占据此地的匈奴骑兵发现，张骞和随从一百多人全部被俘。

匈奴单于知道了张骞西行的目的之后，自然不会轻易放过他。把他们分散开去放羊牧马，并由匈奴人严加管制。此外，统治者还给张骞娶了匈奴女子为妻，一是为了监视他，二是诱使他投降。但是，张骞坚贞不屈，虽被软禁放牧，度日如年，但他一直在等待时机，准备逃跑，以完成自己的使命。

整整过了十一个春秋，匈奴的看管才放松了。张骞乘机和他的

贴身随从甘父一起逃走，离开匈奴地盘，继续向西行进。由于他们仓促出逃，没有准备干粮和饮用水，一路上常常忍饥挨饿，干渴难耐，随时都会倒在荒滩上。好在甘父射得一手好箭，沿途常射猎一些飞禽走兽，饮血解渴，食肉充饥，才躲过了死亡的威胁。

这样，一直奔波了好多天，终于越过沙漠戈壁，翻过冰冻雪封的葱岭（今帕米尔高原），来到了大宛国（今费尔干纳）。高鼻子、蓝眼睛的大宛王早就听说汉朝是一个富饶的大国，很想建立联系。但苦于路途遥远，交通不便，故一直未能如愿。因此，当听说汉朝使者来到时，喜出望外，在国都热情地接见了张骞，并邀请张骞参观了大宛国的汗血马。在大宛王的帮助下，张骞先后到了康居（今撒马尔罕）、大月氏、大夏等地。但大月氏在阿姆河上游安居乐业，不愿再东进和匈奴作战。张骞未能完成与大月氏结盟夹击匈奴的使命，但却获得了大量有关西域各国的人文地理知识。

张骞在东归返回的途中，再次被匈奴抓获，后又设计逃出，终于历尽千辛万苦，于十三年后回到长安。这次出使西域，使生活在中原内地的人们了解到西域的实况，激发了汉武帝"拓边"的雄心，发动了一系列抗击匈奴的战争。

公元前119年，汉王朝为了进一步联络乌孙，断"匈奴右臂"，便派张骞再次出使西域。这次，张骞带了三百多人，顺利地到达了乌孙，并派副使访问了康居、大宛、大月氏、大夏、安息（今伊朗）、身毒（今印度）等国家。但由于乌孙内乱，也未能实现结盟的目的。此后，汉武帝派名将霍去病带重兵攻击匈奴，消灭了盘踞河西走廊和漠北的匈奴，建立了河西四郡和两关，开通了"丝绸之路"，并获取了匈奴的"祭天金人"，带回长安。

张骞不畏艰险，两次出使西域，沟通了亚洲内陆的交通要道，与西欧诸国正式开始了友好往来，促进了东西经济文化的广泛交流，开拓了丝绸之路，完全可称之为"中国走向世界的第一人"。

五 千年文物秀风采

在中国五千年的灿烂文明之中，有一种文化的结晶，它们伴随着每个时期的英雄人物共同走过一段漫长的时光之旅，见证了每一段或荣耀，或屈辱的历史，甚至能够在千百年之后完美无缺地展现在我们的面前，诉说过去的辉煌故事。这些就是不会说话的记录者——文物。

不管是体现出商朝高超青铜器工艺水平的后母戊大方鼎，还是跨越几千年至今仍然可以奏出美妙音符的曾侯乙墓编钟。作为宝贵的历史文化遗产，它们各有千秋地反映出所处时代人们的生产、生活以及艺术文化的状况。另一方面，它们不仅仅是历史忠实的聆听者，也是最好的讲述者。我们可以从秦始皇陵的兵马俑身边听到万马奔腾的声音，也可以从《兰亭序》的字里行间领略泉水滑过青石的风雅。假如你足够用心，甚至可以从那些书画作品中发现山水与作者之间妙不可言的沟通。

　　火口脱险的《富春山居图》被称为国宝名画，是元代画家黄公望的作品。这幅六接纸本的水墨画几经劫难，幸存至今。但由于种种原因，它被分为两半，半幅在大陆，另半幅在中国台湾，一条浅浅的海峡又把他们隔开了。人们都期盼着这一国宝可以尽早合二为一。在经历了300多年等待之后，这一天终于来到了！2011年6月，分藏两岸的《富春山居图》才在台北实现了首次合璧展览。

作画者黄公望，字子久，号一峰，是元朝时期著名的山水画家，被董其昌称为"子久画冠元四家"。黄公望这个名字的来历也很有趣。据说父母早逝后，幼年的他被过继给永嘉黄氏。养父在90岁高龄时才得到这个儿子，心中的欢喜自然是溢于言表，因此感慨道："黄公望子久矣。"黄公望由此得名。

　　黄公望的一生可以说是历尽坎坷。少年时候，勤奋好学的他便熟习书法，精通音律，还擅长写诗词。他曾经在杭州等地卖卜，替人看相算命，也当过小官。后来，因为上司舞弊案件受到牵连而被送进牢房。出狱后，黄公望看破官场世事，潜心于道教的修行，自号大痴道人。

　　《富春山居图》的悲欢离合记载着传奇的文化史，300多年前被焚为两段，后又分藏两岸60余年，确如骨肉分离。他的台展、重圆超越一般意义上的美术作品展览，是同一个血统、同一个文明，根脉相连的需要。

　　文物，是中华文明与文化的活化石，我们要热爱文物，树立保护文物的历史责任感。

六 十二生肖的由来

　　传说玉皇大帝有一天在大宫议事大厅主持早朝，他开门见山地说："众爱卿有什么事情要向我汇报吗？"话音刚落，一向勤于政事的太白金星便上前奏道："万岁，小神昨日下凡考察时发现，人间尽管一片祥和昌盛，但没有统一的规章制度，人类不能辨别季节循环，不能辨别年尊年幼，长此以往，恐怕人们会怨声载道，影响社会安定。小神认为，应该为人间定一个统一的规章制度，好让百姓准确地记时记年、辨别年尊年幼。"玉皇大帝道："爱卿言之有理，你可有主意？"太白金星又奏道："可到凡间选十二种动物来天庭，任它们为属相，配上已有的十大天干以记时记年，再将十二属相定为生肖，十二年一个轮回，如此可保人间太平。"玉皇大帝随即唤过侍官传旨："封太白金星为属相官，即刻下凡甄选属相动物。事成之后，重重有赏。"

　　话说，那太白金星奉了玉皇大帝的旨意，下到凡间甄选作为十二生肖的动物。当他走到一条河边时，看见一只小喜鹊从他头顶飞过，太白金星大喜，连忙对喜鹊说："小喜鹊，小喜鹊，告诉你一个好消息，玉皇大帝要召集全天下的动物，选出十二种作

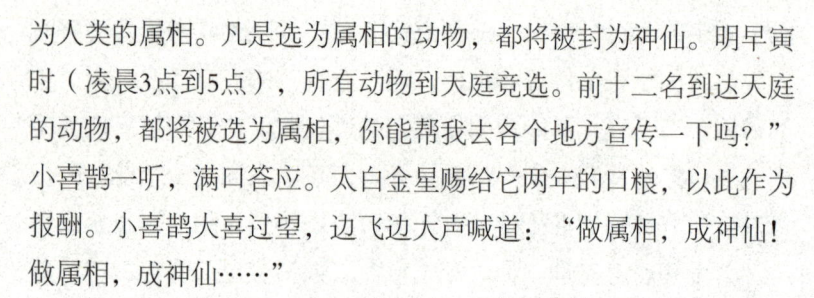

为人类的属相。凡是选为属相的动物，都将被封为神仙。明早寅时（凌晨3点到5点），所有动物到天庭竞选。前十二名到达天庭的动物，都将被选为属相，你能帮我去各个地方宣传一下吗？"小喜鹊一听，满口答应。太白金星赐给它两年的口粮，以此作为报酬。小喜鹊大喜过望，边飞边大声喊道："做属相，成神仙！做属相，成神仙……"

一传十，十传百，没多久，所有的动物都知道了这个消息。一只正在山坡上晒太阳的小猫听后，好奇地问喜鹊："属相是什么呀？做了属相真的能成神仙吗？"小喜鹊答道："玉皇大帝要召集天下的动物，选出十二种作为人类的属相。凡是被选为属相的动物，都将被封为神仙。你想参加竞选吗？"小猫一听，两眼放光，忙问："那我该去哪里应招呀？"小喜鹊耐心地将相关情况告诉了小猫。小猫听后，一溜烟地跑回了家，准备第二天早上去报名。

小猫到家后，对室友老鼠大喊道："小鼠！小鼠！我要去做属相，我想成神仙！明天就去天庭报名竞选！"老鼠听后小眼珠一转，与小猫约好第二天一早一起去报名。不知不觉到了熄灯睡觉的时间，一向贪睡的小猫对小鼠说："亲爱的小鼠，明早你一定要叫醒我呀！""没问题，你放心好了。"老鼠答道。

第二天天还没亮，老鼠便早早地起了床，自私的它生怕小猫抢了自己的名额，便独自往天庭去了，没有叫上小猫。老鼠一路飞跑，累得气喘吁吁，它碰到了牛。老鼠想：路还远着呢，我跑得太累了，还是向牛求助吧。于是就对牛说："牛哥哥，牛哥哥，我唱歌给你听，你背我一下好吗？"憨厚的牛没有多想，就答应了老鼠的请求。老鼠马上跳到了牛背上，并唱道："牛哥哥，力气大，过小河，爬山坡……"没多久，牛便驮着老鼠来到了天庭，此时天庭内除了门神和太白金星，其他动物都还没到。老鼠见状，心里窃喜，不等牛叫它下来，便飞快地从牛背上跳到前方，大呼："我是第一名，我得排在生肖第一位！"作为主考官的太白金星问道："现在其他动物还没来，你就想争第一，你不怕它们不答应吗？"心虚的老鼠低下了头，赶紧退缩到大厅的角落里。

随后，虎、兔、龙、蛇、马、羊、猴、鸡、狗先后抵达了天庭，一向懒散的猪带着一身汗臭味也随后抵达了，累得像刚被从水里捞出来一样，惹得众动物捧腹大笑。突然，大厅门口传来一阵"咚咚、咚咚……"的声音，原来是大象来了，紧随其后的是狮子、狐狸、狼、熊等动物，最后到达天庭的是蜗牛。一时间，天庭百兽云集，好不热闹。

太白金星站在大厅中央的铜鼎上，一边微笑，一边示意动物们安静。他大声讲道："根据玉皇大帝的指示，本次甄选十二生肖依据动物到达天庭的时间顺序，同时参考其品行及日常表现。经研究决定，龙、虎、牛、马、羊、猴、鸡、狗、猪、兔、蛇、鼠当选十二属相，入选十二生肖，即日起生效。"结果公布后，没能入选十二生肖的大象等动物既失望又无奈，只好退到一旁看热闹。

接下来，该给生肖们排顺序了。披着一身金甲的龙自信满满，自认为"生肖王"非它莫属，大声嚷道："凭我老龙在江湖上的地位，第一把交椅就归我了，其他的位置大伙选去吧！"可其他生肖并不买账，一时争论不休，闹成了一锅粥。拿不定主意的太白金星只好向玉皇大帝请示。玉皇大帝也有些为难，对站在天庭两侧的文武百官说："众爱卿可有良策？"文武群臣也颇感为难，都低着头沉默不语。"万岁，小臣愿为您分忧解难，愿当个公证，为生肖们依次排序。"只见黑猪走到殿前奏道。玉皇大帝听了，十分高兴，立刻命令黑猪为十二生肖排位。

黑猪首先让最先到达的老鼠和牛比试，这可乐坏了一直缩着不敢说话的老鼠，它激动地说："我就跟牛哥哥比一比大小吧！我俩到人间比试比试，听听百姓的评论。"随后，牛和老鼠来到街头闹市。牛在人群中走过时，人们毫无反应。突然，老鼠一个箭步跳到牛背上，一边大吹大擂，一边倒立起来，街上的人们大喊："好大的老鼠！"憨厚的老牛见此情景，只好认输。老鼠取胜后，众动物都替老牛打抱不平，只有黑猪暗自高兴。黑猪觉得只有这样大小不分，好坏难辨，才能鱼目混珠，这样它才能从中渔利。于是，它大笔一挥先挑了老鼠，然后排了老牛。

这可惹恼了老虎和龙，它俩大声咆哮起来，震得众动物浑身发抖。动物们一致推选老虎为山中之王，苍龙为水中之王。猴子为老虎做了"王"字金匾，挂在老虎前额上，公鸡把两只角送给了龙。老虎、龙获得权势和地位后，也就甘居老鼠和老牛之后了。突然，机灵的野兔蹿了出来，它冷笑一声说："哼哼！论长相我比老鼠帅气，论个子我比老鼠大，我是山大王的保镖，应该排在龙王前面。"龙一听大怒，大喊道："小兔子，你别胡搅蛮缠，不服气咱们就比试比试。"黑猪一听，正中下怀，忙说："那你们就赛跑吧，让猎狗来做你们的裁判员。"

猎狗和鸡素来不和，它见鸡讨好龙，便想借机捉弄它们。猎狗故意选了一条荆棘丛生的跑道，私下对兔子说："你的尾巴太长了，会妨碍比赛，要忍痛割爱。"于是，它把兔子的尾巴剪断了一大截，只剩下一点尾巴根。不一会儿，比赛开始了，龙腾云驾雾，片刻间就飞到前面去了，但到了灌木丛中后，它头上的角常常被树藤缠住，耽误比赛，结果兔子获胜。

这样，兔子排在了龙之前、老虎之后。龙比赛失败后，抱怨头上的鸡角拖累了它。公鸡听到了既后悔又伤心，它对龙说："龙大哥，既然这两只角对你毫无益处，那就请你还给我吧。"龙生气地说："这对角虽然拖累了我，但能做装饰。你想要回去也不难,只要等太阳出西山,月亮下东海。"说完,便潜入了大海。天真的鸡信以为真,它每天天没亮就起床,天天盼望太阳从西边出来,还不时伸长脖子朝大海大喊:"龙哥——哥!角——还我……"失去了两只角的公鸡,被排到后面去了。

接下来轮到确定猴、蛇、马、羊、猪的排位了。黑猪让猴子和蛇选同伴到人间进行杂技表演。蛇邀了马,猴子邀了山羊。善良的马为蛇做了一件龙衣,蛇穿上去既灵敏又美观。平时,山羊嫌猴子整天上蹿下跳,踩坏了青草,于是对猴子的帮助不那么热心。猴子想弥补一下光腚的缺陷,向山羊求援,山羊毫不留情地拒绝了。

比赛那天,蛇穿着龙衣表演各种杂技,动作十分敏捷、到位,赢得了观众的喝彩。轮到猴子表演了,只见它钻火圈、荡秋千,也赢来不少喝彩。猴子见此十分兴奋,高兴得表演起了"倒挂竹帘"——将尾尖缠在树枝上,头朝下做起了各种惊险动作。它正表演得起劲时,突然有人喊:"猴屁股好红啊,像是着火啦!"观众们大声哄笑起来。猴子连忙用尾巴去遮屁股,不料首尾难顾,一头栽倒在地上。这样一来,蛇和马排在了前头,山羊和猴子排在了后面。为十一位动物排完座次后,黑猪窃喜,便大笔一挥将自己的名字排在了最前面,随后去面见玉皇大帝了。

玉皇大帝接过排名表一看,龙颜大怒。他认为黑猪损人利己、自私自利,于是将排在最前面的黑猪名字换到了最后面,最终确定:子鼠、丑牛、寅虎、卯兔、辰龙、巳蛇、午马、未羊、申猴、酉鸡、戌狗、亥猪为十二生辰。

且说那错过入选十二生肖机会的猫,此时正怒气冲天,它暗暗发誓:以后一看到老鼠,定取它性命,绝不留情。从天庭回到人间的老鼠,心里也十分愧疚和害怕,只好昼伏夜出,远远地躲着猫。

【知识延伸】

地支：子（zǐ）、丑（chǒu）、寅（yín）、卯（mǎo）、辰（chén）、巳（sì）、午（wǔ）、未（wèi）、申（shēn）、酉（yǒu）、戌（xū）、亥（hài）的总称，又称十二支。中国古代用十二地支纪时、纪月。

古时	今时
子时	23：00～01：00
丑时	01：00～03：00
寅时	03：00～05：00
卯时	05：00～07：00
辰时	07：00～09：00
巳时	09：00～11：00
午时	11：00～13：00
未时	13：00～15：00
申时	15：00～17：00
酉时	17：00～19：00
戌时	19：00～21：00
亥时	21：00～23：00

时辰，古代人把一天划分为十二个时辰，每个时辰相等于现在的两小时。相传是根据十二生肖中动物的出没时间来命名各个时辰。

第二章

哲理故事，让人奇思妙想？

- 数含
- 逻辑
- 时间
- 左脑
- 联想

一 偃师造人

周穆王到西方视察，越过了昆仑山，快到弇山（传说太阳落下的地方）便折回来。还没有回到国都，就在路上碰到一个进献工艺品的匠人，名叫偃师。穆王接见他，问他："你有什么才能啊？"偃师回答："我听凭您测验。不过，我已经造了一件东西，希望大王先看看。"穆王说："好，明天带它一道来吧，我与你一起观看。"

第二天，偃师来拜见穆王。穆王接见他时，看他身旁另有一个人，便问他："跟你一起来的是什么人？"偃师回答："这是我制造的能够表演技术的人。"穆王很惊奇地看着，这个假人走路、弯腰、仰头，都像一个真人。好灵巧啊！轻轻摇一摇它的下巴，它便唱起歌来，歌声很合旋律；拨弄一下手，它便舞蹈起来，舞蹈很合节拍。它可以千变万化，你想要它做什么它便做什么。穆王甚至以为它是一个真人，而穆王宠爱的美人、侍妾也一起观看。表演快结束时，这个假人竟然转动眼珠，向穆王的侍妾眉目传情。穆王大怒，认为偃师欺骗自己，要马上惩罚偃师。偃师怕极了，只好立刻拆散假人，一件件指给穆王看。原来假人都是用皮革、木头、树胶、生漆等黏合成的，并且着上了白、黑、红、青等颜色。穆王仔细地观察那假人体内的肝、胆、心、肾、脾、肺、肠、胃，以及体表的筋络、骨头、四肢、关节、皮肤、毛发、牙齿等，发现都是人造的，而且样样齐全。把这些东西装配起来，又恢复了刚看到它时的样子。穆王命令摘掉它的心，假人便不能说话；摘掉它的肝，假人便不能看东西；摘掉它的肾，假人便不能走路。

穆王这时高兴地赞叹说："人的技巧，竟然能够跟大自然的力量一样巧妙啊！"

这是一则巧匠型的故事，也是古人关于机器人的幻想。偃师所造的机器人能唱歌、能跳舞，还能眉目传情，比现代造出的机器人还要巧妙。所以童话的幻想，有时可以成为科技创造的灵感。

二 扁鹊换心

鲁国的公扈与赵国的齐婴，这两人都生了病，请求扁鹊治疗。当病治好以后，扁鹊对两人说："你们过去的病，是从体外侵入内脏的，药当然可以治好；现在，我发现你们有一种与生俱来的病，会跟着你们的身体一起发展，我替你们治好它怎样？"两人说："希望先听听这个病的症状。"扁鹊对公扈说："你人很聪明，但身体太弱．所以善于思考而缺少决断力；齐婴呢，与你相反，智力差点但身体比你强，所以不善于思考，容易专横武断。如果把你们两人的心交换下，那么你们两个人都能达到完善的地步。"扁鹊便叫他们两人喝了麻醉药酒，两人有三天没有一点知觉，然后剖开胸膛，拿出心脏，相互交换放置后，再用神药敷上。两人醒来后，好像没动过手术一样。

这则有名的神医故事，反映古人对医术的赞美和幻想。古人认为"心之言则思"，认为换了心脏，就可以改变人的智慧和性格。

三 心窗

有两则关于窗的外国故事：

一个多愁善感的小女孩，在窗前看见一行送葬的队伍，不禁神情黯然，泪流满面，蜷缩在窗前发呆。爷爷看见了，把小女孩叫到另一扇窗前，推开窗户让她看，只见一户人家正在举行婚礼，喜庆幸福的气氛顿时感染了小女孩的心情，她破涕而笑了。从此，在她幼小的心灵中，永远铭刻下了爷爷颇有哲理的教诲：人生有悲剧也有喜剧，有失败也有成功，有痛苦也有欢乐，你不能只推开一扇窗，只看一面风景。

另一位活泼好动的小女孩，在滑雪时不幸摔折了腿，住进了医院。她躺在病床上不能动弹，苦不堪言，度日如年，整日以泪洗面。与她同病房、靠近窗口的是位慈祥的老太太，她的伤已快痊愈了，每天能坐起来，痴迷地观赏窗外的景色。小女孩多想看看窗外的世界呀！可她的腿上放着夹板正做着牵引，不能坐起来，病床又不靠窗，自然无法观赏窗外的景色。每当老太太推窗观景时，小女孩羡慕极了，情不自禁地问："您看见什么了？能不能说给我听听？"老太太爽快答应："行，行！"于是，老太太每天给她细细描述窗外的景色和发生的事。小女孩边听边想象着这幅雪中美景，不由得心旷神怡，心中那份郁闷寂寞顷刻化为乌有。一个月后，老太太出院了。小女孩迫不及待地恳求医生把她调到靠窗的病床。她挣扎着欠起身，伸长脖子，朝窗外一望，却惊呆了：窗外竟是一堵黑墙！但小女孩豁然开朗，是老太太给她推开了一扇心窗！每当她遇到挫折悲伤时，就会想起这位可敬的老太太，想起老太太给她描述窗外的美景……

人濒临心灵窒息和精神危机时，需要一双上帝般仁慈的手帮他推开一扇心窗，当然，那应是一扇充满欢乐与希望的心窗。其实，这只是举手之劳，人人都不难做到。但往往被人漠视了，遗忘了，甚至不屑为之。

四 让我来想想办法

一天夜里,已经很晚了,一对年老的夫妻走进一家旅馆,他们想要一个房间。前台侍者回答说:"对不起,我们旅馆已经客满了,一间空房也没有剩下。"看着这对老人疲惫的神情,侍者又说:"但是,让我来想想办法……"

叙述到这里,你希望下面有一个数学的继续,还是愿意得到一个文学的结局?不管怎样,数学和文学都将在这里分手了。

数学的故事是这样发展的:这个好心的侍者开始动手为这对老人解决房间问题。他叫醒旅馆里已经睡下的房客,请他们换地方:1号房的客人换到2号房,2号房的客人换到3号房……以此类推,直到每一位房客都从自己的房间搬到下一个房间。这时奇迹出现了:1号房间竟然空了出来。侍者高兴地将这对老年夫妇安排进去了。没有增加房间,没有减少客人,两位老人来到时所有的房间都住满了客人,但是仅仅通过让每一位客人挪到下一个房间,结果第一个房间就空了出来,这是为什么呢?

原来,两位老人进的是在数学上著名的希尔伯特旅馆——它被认为是一个有着无数房间的旅馆。这个故事是伟大的数学家大卫·希尔伯特所讲述的,他借此引出了数学上的"无穷大"的概念。这一概念对于这门学科来说是非常重要的，可以说如果没有它，我们就很难想象数学将如何存在。只要会数数的人都知道，每一个整数都有一个后继者直至无穷（所以在希尔伯特旅馆里，每间房子后面都会有一间直至无穷）数学就是一门关于无穷大的科学。

　　回到侍者说"让我来想想办法"的地方。文学的故事是这样继续的。这个文学的侍者理应更富于人性和爱心，他当然不忍心在深夜让这对老人出门另找住宿。而且在这样一个小城，恐怕其他的旅店也早已客满打烊了，这对疲惫不堪的老人岂不是在深夜流落街头？于是好心的侍者将这对老人引领到一个房间，说："也许它不是最好的，但现在我只能做到这样了。"老人见眼前是一间整洁又干净的屋子，就愉快地住了下来。

　　第二天，当他们来到前台结账时，侍者对他们说："不用了，因为我只不过是把自己的屋子借给你们住了一晚——祝你们旅途愉快！"

　　原来如此，侍者自己一晚没睡，他在前台值了一个通宵的夜班。两位老人十分感动，老头儿说："孩子，你是我见到过的最好的旅店经营人，你会得到报答的。"侍者笑了笑，说："这算不了什么。"他送老人出了门，转身接着忙自己的事，把这件事情忘了个一干二净。没想到有一天，侍者接到了一封信函，打开一看，里面有一张去纽约的单程机票并有简短附言，聘请他去做另一份工作。他乘飞机来到纽约，按信中所标明的路线来到一个地方，抬眼一看，一座金碧辉煌的大酒店耸立在他的眼前。原来，几个月前的那个深夜，他接待的是一个有着亿万资产的富翁和他的妻子。富翁为这个侍者买下了一座大酒店，深信他会经营管理好这个大酒店。这就是全球赫赫有名的希尔顿饭店首任经理的传奇故事。

故事都是从一个富有同情心、满怀仁爱的侍者的智慧头脑开始——"让我来想想办法……"进入数学的领域，需要的一定是严密的逻辑，合理的推论及精确的求证；来到文学的天地，凭借的却是美好的人性，动人的情节和意外而圆满的结局。但你是否发现：不管是文学还是数学，结局都很神奇。爱加上智慧原来是能够产生奇迹的。

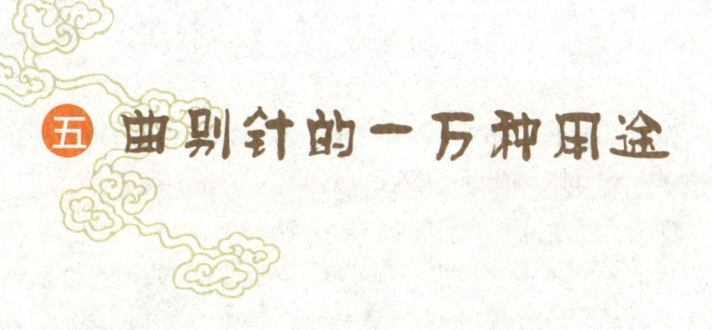

五 曲别针的一万种用途

1983年在中国召开过一次创造学会，日本的创造学家村上信雄走上主席台拿出了一把曲别针，同时提出一个问题："这些曲别针有多少用途？请与会的中国学者回答。"

当时在场的一位中国学者说了三十多种。

主席台上的村上信雄说有三百多种。然后放了一个幻灯片，证明有三百多种。

大家为他热烈鼓掌。

这时台下有人递上来一张条子，上面写道，我明天将发表一个观点，证明这个曲别针可以有无数种用途。于是，他第二天就此作了一个讲演。这个人叫许国泰，他提出的这个方案后来被称为"魔球现象"。

他怎么分析的？他说，按曲别针最基本的解剖，它的颜色、重量、形状、质地、柔软度等一整套因素，把它们都解剖了，列成一个横坐标，一个纵坐标，就是它在数学、物理、化学、语文、外语等各个方面的用途。

曲别针的重量可以做各种砝码；作为一个金属物，曲别针可以和各种酸类及其他的化学物质产生不知道多少种反应；曲别针可以弯成1、2、3、4、5、6、7、8、9和加减乘除、开方等各种数学符号，演变成所有的数学和物理学公式；曲别针可以弯成英文26个字母，可以是拉丁文，可以是俄文，于是，天下所有话语能够表达的东西，都能够用曲别针来表现；曲别针是金属，还可以导电；在磁场中有磁性反应；在艺术中，把它绷直，肯定有琴弦的作用。至于其他的，做成夹子、别针、绳索、拉链、项链，都是在一类中某一项的亿万种的一种。

许国泰的演说轰动了这个创造学会。

请朋友们不要笑。因为通常人一想曲别针的用途，别针、夹子、绳索，已经觉得自己想得很多了，想出三种已经很了不起了。当想到无数种用途的时候，这才是创造思维的体现。

现在，我要提一个问题。你——今天在场的每一个人——有多少用途呢？

做有无数种用途的人

可惜的是我们有时候不这样看问题。例如，某个人是外语大学的，他会想："我是学阿拉伯语的，那么我作用的范围首先是跟阿拉伯语有关，外贸、外文、翻译、教学。"显然，他已经给自己限定了一个范围。人在生活中经常用几十种曲别针的用途来回答曲别针的亿万种用途，对自己也经常这样判断。

所以，希望大家在这个时刻感觉一下自我的判断，就是你从小到大一直到现在，你对自己今后有多少种用途，对于社会和人类你能发挥多大作用，这个想象力打开没有？是不是在这个年龄段已经对自己有了一定的局限和固定模式。

不要滞留在一个点上

我们在生活中为什么有时候没有创造力？就在于一个既成的逻辑思维或者一个既成的概念局限了我们。

一说曲别针，一个"别"字就让我们想到了"别"这些纸，没有想到更多的。我们做事情，搞科学发明、语言发现也好，外交、学问也好，都要突破这种限定。用中国的一句古话，就是不要执着，不要滞留，不要停在一个点上。

六 你会卖报纸吗

早晨我驾车上班时，通常会遇到三个卖报的年轻人。他们每一个人都有一套属于自己的卖报策略，但其中一人总能最先卖完报纸。事实上，另外两人所处的位置比他优越得多。经过日复一日的观察，我逐渐意识到，那个人的成功与他选择的位置毫无关系。

第一个卖报人，总是站在丁字路口，他永远是一副愁眉苦脸

的样子。当乘车人招手索要报纸时，他缓慢地走过去，当顾客刚看清他那招牌式的苦瓜脸时，他已经生硬地将报纸塞进了车窗。如果赶上雨天，则很难觅到他的踪影，一般情况下，雨天买不到他的报纸。我并不怪罪他，但当我迫切想买某一份报纸，而又无法看到时，我则难以忍受他这样的工作态度了。所以，后来我再也不从他那里买报纸了。

　　第二个卖报人，站在十字路口，红绿灯带给他不少便利。一旦乘车的人被红灯所阻，他就前前后后地在停下的车队旁奔跑着，大声叫喊着他所卖报纸的名字。我有几次试图从他那里买一份报纸，但都未能如愿，因为他总是忙于奔跑，很难锁定他的位置。我招手、叫喊，但他似乎从来就没有注意到我。

　　第三个卖报人，则总是固定地站在繁华街道的中央。双腿略微分开，以保持他的站姿。他的手中拿着几份报纸放在胸前，以便司机和乘客从他身边经过的时候，能够瞥一眼大字标题。他从来不随着车辆走动，他总是等着他的顾客驶向他的身边。他用使人愉快的"早上好"问候每一个从他身边过去的人。当有人慢下来打算购买报纸时，他的脸上绽放出灿烂的笑容，他友好的态度给我留下了深刻的印象。当我驾车离开时，他在后面大声说道："谢谢你！祝你有快乐的一天！明天见！"他总是设法在卖出报纸的几秒钟内，把这些话语说得清清楚楚，又悦耳动听。

没错，第三个卖报人是我最喜欢的。想必你会觉得，这也没什么大不了，不就是卖出一份报纸吗？

一天早上，天下着雨。第一个卖报人不知道躲到哪里去了。第二个卖报者，拿着湿漉漉的报纸继续在车流中来回奔跑。第三个卖报人，依旧站在他的位置上，身穿一件鲜亮的黄色雨衣，胸前的报纸被严严实实地遮挡在透明的塑料布下，报纸一点也没湿，人们仍然能看到醒目的大字标题，更能清晰地看到他脸上洋溢着的灿烂笑容。

我们完全可以从三个卖报人身上体会到很多东西：

既然已从事了一种职业，选择了一个岗位，就必须接受它的全部，就算是屈辱和责骂，那也是这项工作的一部分，而不是仅仅只享受工作给你带来的益处和快乐。

不是工作需要人，而是任何一个人都需要工作。你的工作可能并非你理想的工作，但你完全可以凭借你所做的一切使自己感到充实和快乐。你对工作的态度决定了你对人生的态度，你在工作中的表现决定了你在人生中的表现，你在工作中的成就决定了你人生中的成就。所以，如果你不愿意拿自己的人生开玩笑，那就在工作中勇敢地负起责任。

第三章

启发故事，就能开发潜能？

一 发挥潜能的舞台

在动物园里的小骆驼问妈妈:"妈妈,妈妈,为什么我们的睫毛那么长?"骆驼妈妈说:"当风沙来的时候,长长的睫毛可以让我们在风暴中能看到方向。"小骆驼又问:"妈妈,妈妈,为什么我们的背那么驼,丑死了!"骆驼妈妈说:"这个叫驼峰,可以帮我们储存大量的水和养分,让我们能在沙漠里耐受十几天无水无食的条件。"小骆驼又问:"妈妈,妈妈,为什么我们的脚掌那么厚?"骆驼妈妈说:"那可以让我们重重的身子不至于陷在软软的沙子里,便于长途跋涉啊。"小骆驼高兴坏了:"哗,原来我们这么有用啊!可是妈妈,为什么我们还在动物园里，不去沙漠远足呢？"

【寄语】

天生我才必有用，可惜现在没人用。一个好的心态+一本成功的教材+一个无限的舞台=成功。每个人的潜能都是无限的，关键是要找到一个能充分发挥潜能的舞台。

二 后生可畏

闾丘邛是战国时期齐国人，他十八岁的时候，半路上拦住了齐宣王的车驾，对他说："我家里贫穷，父母年老，希望能够做个令官。"齐宣王回答道："你年纪还小，不能给你职位。"闾丘邛说："不对。远古时代有个颛顼，十二岁就治理天下。莒国的项橐，七岁就成了大圣人孔子的老师。我想，大概是因为我品学不佳，你不用我。但是要说年龄我也不算小啦。"齐宣王说："从来没有小小的马驹就能载重远行的，人也应该到了头发花白才顶用。"闾丘邛昂然答道："不对。俗话说，尺有时候也嫌短，寸有时候也嫌长。骅骝是有名的千里马，但让它们在锅台灶头上比赛的话，那还跑不过野猫和黄鼠狼呢。黄鹄、白鹤，一飞千里，让它们在厅堂房间里打转转的话，还飞不过燕子呢。辟

间、钜阙①这样的神剑,是天下著名的锋利武器,削铁如泥,洞穿巨石,但用它们去剔眼睛里的沙尘,那还不如一根稻草秆方便呢。这样看来,老年人和我间丘邛比较,也是各有所长,各有所短啊。"齐宣王听了点点头说:"好像说得有道理。但是你为什么这么迟才来见我?"邛回答道:"鸡和猪叫声不绝,就掩盖了钟鼓的声音,云霞满天,就遮盖了日月的光芒。那些妒忌别人的家伙在你的身边,我只好到现在才来见到你啊!《诗经》内有两句:'说顺从的话就得进用,说谏诤的话就被斥退。'在这种情况下,我哪能被你任用?"齐宣王起身靠着车子的扶手说:"这是我的过错。"于是就请间丘邛上车,一同回宫,派他做重要的工作。孔子曾经说过,"后生可畏,谁敢说他未来的成就不如现在的人啊!"

---

①《旬子·性恶》:"恒公阖间之干将、莫邪、钜阙、辟间,此皆古之良剑也。"

三 一个时间只能做一件事

有一位表演大师上场前,他的弟子告诉他鞋带松了。大师点头致谢,蹲下来仔细系好。等到弟子转身后,又蹲下来将鞋带解松。有个旁观者看到这一切,不解地问:"大师,您为什么又要将鞋带解松呢?"大师回答道:"因为我饰演的是一位劳累的旅者,长途跋涉让他的鞋带松开了,可以通过这个细节表现他的劳累憔悴。""那你为什么不直接告诉你的弟子呢?""他能细心

地发现我的鞋带松开，并且热心地告诉我，我一定要保护他这种热情的积极性，及时地给他鼓励，至于为什么要将鞋带解开，将来会有更多的机会教他表演，可以下一次再说啊。"

人一个时间只能做一件事，懂抓重点，才是真正的人才。

【寄语】

集中注意力，往往办事效率很高，记忆力也最好。因此，不要总是一心二用，弄得"捡了芝麻，丢了西瓜"。

四 改变自己

很久很久以前，长颈鹿、斑马、豹和伊索匹亚人都住在温暖的大草原上。伊索匹亚人和豹是很要好的朋友。豹从头到脚都是棕黄色的，最适合大草原的生活。他们只要躺在黄灰色的石头上，或躺在浅黄色的草地里，别的动物就发现不了它们，使它们可以轻易地捉到猎物。这样，草原上的其他动物就不知道该如何生存下去了。

经过好一段时间，长颈鹿、斑马陆陆续续地离开了这片大草原，住到长满了大树的森林里。长颈鹿和斑马长时间住在森林里，阳光透过树叶的缝隙照射在它们的皮肤上，使得长颈鹿的身上形成了许多大斑点，斑马的身上形成了许多粗而长的条纹。在

树林里，只能感觉到它们的动静，却不大容易看到他们。就这样他们在树林里过了一段快乐的时光。

从此以后，豹和伊索匹亚人跑遍整个大草原，再也找不到长颈鹿、斑马等猎物了。有一天，豹和伊索匹亚人碰见一只狗头狒狒。它是南非所有动物中智慧最高的。豹和伊索匹亚人问狒狒说："所有的猎物都到哪里去了？"

狒狒说："猎物已经到森林里去了。豹子，我向你建议，赶快使你的身上有斑点，越快越好！伊索匹亚人，你也要赶快改变你自己。"

听了狒狒的话，豹和伊索匹亚人都感到非常困惑。就往那个方向摸了过去，摸到一只动物的身上。那只动物的气味，闻起来像斑马，感觉起来也像斑马，但是豹就是看不清楚它。

这时候，豹又听到一阵打斗声，然后听到伊索匹亚人说："我捉到了一个东西，但是看不清楚是什么。它闻起来像长颈鹿，感觉也像长颈鹿，可就是看不清楚它的样子。"

豹说："不管看得清楚看不清楚，我们坐在它们的头上，等天亮再说吧。"

天亮了，豹看清它自己捉到的是全身条纹的斑马。伊索匹亚人捉到的是全身都是斑纹的长颈鹿。

豹对斑马和长颈鹿说："我们现在可以看清楚你们了，可是昨天为什么看不清楚呢？"

斑马说："让我们站起来，我们表演给你们看吧。"

斑马和长颈鹿一边走一边说："现在，你们注意看哪，这就是为什么你们看不清我们的原因了。"豹和伊索匹亚人一直仔细地看，可是最后只看到森林里的斑点形和条纹形的阴影，再也看不到斑马和长颈鹿了。伊索匹亚人说："真是奥妙哇！我也要接受狒狒的忠告，改变我自己。"于是他们把自己的肤色涂成黑色。

豹最后也决定在身上装上斑点。它请伊索匹亚人把它的五只指尖靠在一起，替它在身上涂上黑色的染料。从那时候起，豹的身上都是五个胖手指尖所印成的黑色斑点了。

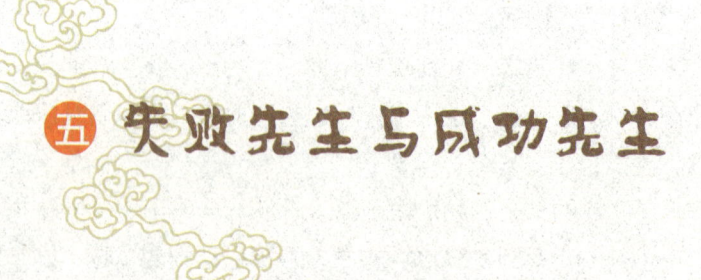

五 失败先生与成功先生

在一个偏僻的乡村里，有两个奇怪的人。其中一个叫成功先生，他的守护神是幸运之神。另一个叫失败先生，他的守护神是厄运之神。

成功先生原本是个沿街叫卖的小贩。由于有幸运神守护自己，不久之后，他就开了一家店，成为村里最富有而且很受欢迎的人了。

失败先生就完全不同了。他家里常常没有吃的，没有喝的，有的只是饥饿、贫穷和一群哭闹不停地小孩儿。

有一天，成功先生叫人去把失败先生请来。

"哇！上帝真是特别保佑你呀！"失败先生一进门就用羡慕的口气说。

"哎！你别这么说嘛！在这个世界上，总是会有几家欢乐几家愁的呀！"成功先生微笑着说。

失败先生问："你找我有什么事吗？"

成功先生说："喔，我这次把你请来，是有件事想请你帮忙。我希望你能替我到幸运之神的宫殿去一趟，转达我对她的谢意。我对现在的生活，一切都很满足，再也不会对她有任何的要求了。你答应替我走这一趟，我就付给你两百个银币。"

没想到，失败先生不但不满意这笔丰厚的酬劳，反而贪心地说："你说什么？你只给我两百个银币，就要我千里迢迢地到那座位于山顶的宫殿去！你知道不知道沿路要经过多少荆棘和森林啊？要是不给我三百个银币，我绝对不去！"

成功先生竟然爽快地答应了失败先生的要求。

但是，失败先生仍不满足，又向成功先生要更多的钱。

成功先生这回真被弄生气了，说："给你一百五十个银币，你去不去？"

"开玩笑！给我三百个银币我还不去呢，何况是一百五十个银币！"失败先生横眉竖目地说。

"既然这样，那就不要去了。"成功先生说。

他一时慌了手脚，只好恳求成功先生说，即使是给他一百五十个银币，他也愿意去一趟。

可是这次成功先生只愿意出一百个银币。失败先生当然不满意，就一口回绝了。可是他想了想，又回头恳求成功先生。就这么一来一往地经过几次讨价还价以后，失败先生终于只能得到十个银币的酬劳，心不甘情不愿地上路了。

经过千辛万苦，失败先生来到了幸运之神的宫殿，求见幸运之神。

"你到这儿来，有什么事吗？"从神殿里传来一阵如金丝雀般的声音问道。原来幸运之神是一位容貌美丽，衣着华贵的女神。

"成功先生让我来向您报告，他已经满足现有的一切，再也不会有任何的要求了。"失败先生谦卑地说。

"你回去告诉他，不管他要不要，我都会给他幸运的。赶快回去吧，你已经把我的宫殿给沾满了贫穷的恶臭了。"幸运女神说。

"那……那么，你能不能给我些什么呢？"失败先生问。

"我不是你的守护神，我无能为力。你要去求你的守护神才行。她就住在我宫殿的后面。"说完，女神就消失了。

失败先生立刻冲到厄运之神的宫殿门口大叫。

"你来做什么？"一阵刺耳的声音从一个可怕的老巫婆口中说出。

"啊！都是你这个老妖怪把我害得这么惨。我真希望一脚把你踢进地狱里去。"失败先生激动地说。

"喂！说话小心点儿！"厄运之神说，"你能为了十个银币的酬劳到这儿来一趟，那是因为当时我睡着了。要是我那时候已经醒了，你呀，连一文钱也得不到呢！哈哈！哈……"

六 天高不算高

卖酒的人家，主人是一个老太婆。老太婆卖的是自己酿的酒。她的技术很好，所以酿出来的酒不但香醇而且很浓，深受当地人的喜爱。大家都会到山脚下来向她买酒。

在顾客当中，有一个道士特别受到老太婆优待。因为他经常到老太婆的酒店中喝酒，喝完一壶就走，从来没付过账。道士接连好久好久都这样，累积了大约一百壶，老太婆都没和他计较过。

有一天，道士又到老太婆的酒店要酒喝，老太婆也很客气地斟了一壶酒，请他饮用。道士喝完酒，就对老太婆说："我喝了你那么多酒，欠了你不少酒钱，但是我实在也没有钱可以还你，真是不好意思！"

老太婆笑着说："没关系，就算我请客好了。"

这位道士回答说："我想帮你挖一口井，表示我的一点心意。"

道士真的在老太婆的酒店旁边，挖了一口井，冒出来的井水，充满了浓郁的酒香。

道士说："这口井，就当作我还你的酒钱好了。"说完就离开了。

老太婆自己去尝尝那井水，真的像酒一样甜美。老太婆就不再酿酒了。她每天一早就到井边挑水，把这个当成酒一样卖给顾客。顾客不知道那是井水，反而赞美老太婆酿酒技术越来越好了。

这样的美名，一传十、十传百，连附近几个村庄的人，都不辞辛劳地到山脚下来买酒。老太婆的酒店愈发生意兴隆。她也不愁酒会卖光，因为井水源源不断，为老太婆赚了不少钱。

三年以后，老太婆因为卖酒而变成家财万贯的富婆，引起不少人的羡慕。

有一天，那位挖井的道士忽然出现了。他来拜访老太婆。老太婆向他道谢。道士问道："酒香不香？好不好？"老太婆回答说："好是很好，如果还有源源不断的酒食，那就更好了！"

道士听了，就在山壁上题了一首诗说："天高不算高，人心第一高。井水做酒卖，还道猪无糟。"题诗之后，头也不回就走了。

老太婆看着道士不辞而别，心中觉得奇怪，但是她一点也不关心道士到底要去哪里，反正有酒可以卖钱就好了。等到店中的酒全部卖完以后，老太婆提着水桶要到井边去打水。她来到井边，才发现一滴水都没有了。

七 让阳光拐个弯

几年前，我因为骑车不慎摔伤了，在医院里住了好几个月。同一病房里有四张病床，我和一个小男孩占据了靠窗的那两张；另外两张床，有一张属于一位小姑娘。

小姑娘是外县人，父母离异了，她随母亲来到这个县城打工，想不到一场突然的车祸变故，令母亲永远离开了她。她在这个县城里不再有一个亲人，也没有一个朋友。她正用母亲留下的不多的积蓄，延续着垂危的生命。是的，她只是无奈地延续生命。一次，我去医院办公室，听到护士们谈论她的病情。护士长说，小姑娘肯定治不好了，她总是脸色苍白，刚来的时候还能扶着墙壁走几步，后来只能躺在床上了。

小男孩也生着病，但非常活泼好动，常常缠着我，要我给他讲故事。他的父母天天来，给儿子带好吃的，带图书和变形金刚。小男孩大大方方地把这些东西分给我们，当然也包括给小姑娘一份。如果小姑娘闭着眼睛假装睡着，他就把东西堆放在她的床头，然后冲我们做鬼脸。

一次，我去医院外面买报纸，看见小男孩的父亲抱着头蹲在路边哭。我一连问了他好几遍，他才说儿子患上绝症，大夫说他儿子活不过这个冬天。一个病房里摆着四张病床，躺着四个病人，却有两个病人即将死去，并且都是花一样的少年。我心情十分压抑。

一切都是从那个下午开始改变的。

小男孩又一次抱着一堆东西送到小姑娘的床头。姑娘心情好一些了，她对小男孩说声谢谢，还对小男孩笑了笑。小男孩得意忘形，赖在小姑娘的床前不肯走。

小男孩说："姐姐，你笑起来很好看。"小姑娘没有说话，再次冲小男孩笑了笑。

小男孩说："姐姐，等我长大了，你给我当媳妇吧！"

病房里的人都笑了，姑娘说："好啊！"她还伸出手摸了摸小男孩的头。

小男孩问："你的脸为什么那么苍白？"

姑娘说："因为没有阳光。"

小男孩想了想，很认真地说："我们把病床调换一下吧，这样你就能晒到太阳了。"

姑娘说："这可不行，你也得晒太阳。"

小男孩想了想，拍拍脑袋认真地说："有了！我让阳光拐个弯吧！"

所有的人都认为小男孩在开他那个年龄所特有的玩笑，可是，小男孩真的让阳光拐了个弯。小男孩找来一面镜子，放到窗台上，不断地调整角度，试图让阳光反射到小姑娘的病床上，午后的阳光经过镜子的反射，终于照在小姑娘脸上。我看到，小姑娘的笑容在那一刻如夏花般绽放。

整整一个下午，小姑娘静静地享受那缕阳光，虽然还是闭着眼睛，却不断有泪水从眼角淌出，她试图擦去，却总也擦不干。从那以后，小男孩起床后做的第一件事，就是仔仔细细地擦拭那面镜子，然后调整角度，将清晨的第一缕阳光洒在小姑娘的病床上；而此时，小姑娘早就在等待阳光了，她浅笑着，有时将阳光捧在手上，有时把阳光涂在额头。她给小男孩讲玫瑰和蜗牛的故事，给他折小青蛙和千纸鹤。慢慢地，小姑娘的脸不再苍白，有了阳光的颜色。

神奇的事情就这样发生了。每天医生为他们检查完身体都会惊喜地说："又好些了！"是的，小男孩与小姑娘身体都在康复，这简直是奇迹。我出院的时候，小姑娘已经可以下地行走了，她和小男孩手牵手一起送我。两人的脸庞沐浴在金色的阳光下，那是两张快乐并健康的脸。医生说："他们已经有了痊愈的征兆，花不了一年时间就都会康复的！"

不过是一束阳光，却让奇迹发生了。我想，每个人的心里都有这样一束温暖的阳光，你给予别人的越多，自己得到的也越多。

八 少年猎手

街津山下住着一对赫哲族老夫妇，52岁那年生了个儿子。老两口捧着、抱着，喜欢得不得了，给他取了个名字叫"卜白"，在赫哲语里的意思就是宝贝。

小卜白慢慢地长大了，长得很憨很壮。可是看他眼睛，有一股呆痴的神气，教他的活儿也学得很慢。于是，老头子生气了，伤心地对老太婆说："完了，咱这孩子将来肯定是个呆子。"老母亲也很发愁，可是很疼爱孩子，她说："小卜白心实在，将来也许会成为一个莫日根（即英雄）吧。"老头子一听哈哈地乐了，讥笑着说："你还寻思生了个好儿子？"老太婆急眼了，老两口你一句我一句拌起嘴来，还要打赌，看谁的眼光好使。

小卜白听见争吵走进屋来，他看看老父亲，又看看老母亲，说："送我上山打猎去吧，我一定给你们扛一只老母熊回来。"

山里的野兽数熊瞎子①最凶狠，护崽母熊更有一股蛮劲，一般人都斗不过。老头子一听更生气了，白胡子一撅一撅地对老太婆说："你听听！你听听！啥也不明白，倒学会吹牛皮、说大话了。"老太婆一听却高兴了，搂着小卜白说："好孩子，有志气！有志气！"于是，老头、老太婆又吵起来了。老头子气得没

---

① 熊瞎子，即黑熊，又叫狗熊，貌相似狗，故有狗熊、狗驼子之称，又因视力较差，被叫作"黑瞎子"。

法，赌气地对小卜白说："我反正老了，打不动猎了，给你找个把头，上山逞英雄去吧！"说完走了。

老头子来到老把头①家请求说："行行好！带上我那个不中用的儿子一块打猎去吧！看见他，我都快气死了。"

老把头摇摇头："你那个宝贝儿子我带不了，请你多原谅吧！"说完，一摆手走了。老头子没法，只好又回来了。

老头子回家跟老太婆一说，老太婆呜呜地哭了。小卜白想了一会儿，转身走了，他自己去请求老把头。老头子一看又生气了。他说："这孩子简直是自找没趣，好吧，让他去碰个鼻青脸肿，才知道天有多高，地有多厚。"老太婆哭得更伤心了，她怕小卜白受了委屈。可是没过一个时辰，小卜白高高兴兴地回来了，他要妈妈帮助收拾行装，明天一早上路。

果然，第二天清晨，小卜白跟着老把头出发了。

半个月过去了，老把头安排小卜白做饭、喂狗，一句也不提打猎的事。小卜白心里很烦躁，可是想说又不敢说，生怕老把头一生气把他撵下山，只好每天在林子里转悠解闷。

有一次，他忽然看见一根碗口粗细的水曲柳②。他想，我何不自己做个激达（赫哲族的一种狩猎武器）呢？等让我打猎那天也好有个家伙使。

小卜白砍下水曲柳，掏出刀子慢慢地削，削呀削呀，水曲柳削得溜光溜光！小卜白又用熬开的熊油慢慢地炸，炸呀炸呀，水曲柳炸得锃亮锃亮。

---

①旧时把持某一地方或某一行业(如搬运等)的行帮头目，称为"把头"。这里指山上打猎的头目。
②水曲柳，是落叶乔木，可高达30米，是东北、华北地区的珍贵用材树种。水曲柳是古老的残遗植物，分布区虽较广，但多为零星散生，是国家二级重点保护野生植物。因砍伐过度，数量日趋减少，目前大树已不多见。

狩猎队里有个小伙子叫博里，嘲笑卜白说："你要激达，好比蛤蟆吃天鹅。"

但是小卜白已经下了很大的决心，他要亲手打死一只熊瞎子。他拿着自己制作的激达，对老把头说："桌子①是敲着浪头练硬的，激达是沾着兽血磨亮的。我一定要去打熊。"

老把头被小卜白的决心感动了，点点头说："好吧，明天我带你上山。"

原来老把头在山脚下发现一只蹲仓②的熊瞎子，他想练练孩子们的胆量。第二天一早，老把头带上小卜白和博里，离开撮罗子③，走到山脚下一个黑乎乎的洞穴口。

老把头问："你们怕不怕？"

"不怕！"博里的嗓门比小卜白高，他晃着脑袋说："这回该把整个黑瞎子皮当褥子了。"

老把头皱了皱眉，没有吭声，让两人一旁一个站好，单腿跪下，用激达戳上雪，平平地端着。

小卜白胆大，他紧紧地捏着激达两眼直瞪瞪地瞅着洞穴里的黑瞎子，不晃不摇。小博里心虚，他颤抖抖地抓过激达，两眼惶恐地左顾右盼，不敢正视洞穴里的黑瞎子，吓得哆哆嗦嗦。

---

① 桌子：桌子。
② 蹲仓：鄂伦春猎手猎熊，多在大雪封山后，用"杀仓子"的方法。霜降过后，经过一秋大吃大喝，长得十分肥胖的熊大多钻入树洞、地穴中冬眠，俗称"蹲仓子"。小兴安岭南坡冬季较暖，熊多找树洞冬眠，叫"蹲天仓子"。北坡气温低，熊早在冰封前，便找一处避风向阳的坡，刨出洞穴。穴顶封以树枝、枯草和泥土，藏身冬眠，叫"蹲地仓子"。这样，"杀仓子"逮熊，便分"杀天仓"和"杀地仓"两种。
③ 鄂伦春语的译音。帐篷。

"沙啦啦……"小博里激达上的雪又撒地了，小卜白端得纹丝不动。老把头抓起一把雪给博里放上。

"沙啦啦……"小博里激达上的雪撒地了，小卜白还是端得纹丝不动。老把头又抓了一把给博里放上。

老把头看看博里惶恐不定的眼神，说："你害怕了！你的心哆嗦了！"说完，突然抄起一根风倒木，"啪！啪！"一下甩进洞穴。只听呼的一声，顿时平地卷起一阵狂风，黑瞎子张牙舞爪地蹿出了洞穴，直冲小卜白和博里扑去。

小卜白端起激达，对准黑瞎子腋下那一撮小白毛猛扎过去。博里吓傻了，一挑激达扎到大骨头棒子上去了。黑瞎子红了眼，与小卜白扭作了一团。老把头在一旁看得真切，走上去补了一枪，把熊瞎子放倒了。

小卜白的勇敢博得了老把头的喜欢，他对小卜白说："是小鹰亮翅、新星显露的时候了。你就先捺下性子，再做三天饭，我会把你换下来的。"

老把头的话使博里大吃一惊，气得头昏眼花。他是个骄傲的小伙子，光会妒忌人家，不喜欢人家说别人比他勇敢。从此，他看见小卜白就难受，总想着要把卜白除掉。

有一天打猎回来，博里想了一个坏主意，他假惺惺地对小卜白说："山坳有只抱崽熊，就怕你花鼠胆小不敢上啊！"

这几天，小卜白天天在想怎么才能给爹妈扛只抱崽熊，听博里一说，忍不住抓起激达上山了。小卜白跑过草甸子，穿过松林子，走近芦苇塘，看见一个黑乎乎的洞穴，拿起石头，噼里啪啦地往里扔。黑洞穴里一下蹿出三只熊，两只小崽，一只母熊。小卜白劲头正足，一挑一个，结果了小熊，转身又斗母熊。人打熊，熊扑人，小卜白与黑瞎子从山坳打到山顶，又从山顶滚到山坳，直打得天昏地暗，地动山摇。

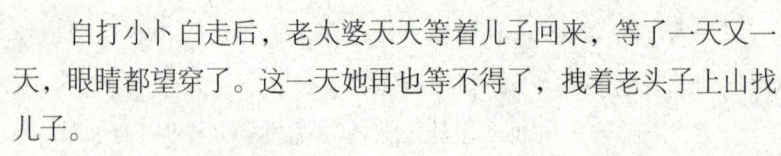

自打小卜白走后，老太婆天天等着儿子回来，等了一天又一天，眼睛都望穿了。这一天她再也等不得了，拽着老头子上山找儿子。

　　可是，小卜白已经不在了。老太婆伤心地大哭起来，眼泪一滴一滴地滴在雪地上，冻成了两个大冰坨。大冰坨忽然骨碌滚起来，顺着山道一会儿过草甸，一会儿穿松林。老太婆跟着大冰坨走呀走，走到了芦苇塘，看见小卜白浑身血，躺在倒木上，身旁是三只被打死的熊瞎子。老太婆趴在小卜白身上大哭起来，眼泪一滴一滴地滴到小卜白身上。小卜白眨巴眨巴眼睛醒了，他伸了个懒腰，说："哎呀！我累坏了，这一觉睡得好香！"说完，扛起老母熊，拉着妈妈的手，高高兴兴地一块下山了，把老头子臊了个大红脸。

　　从那个时候起，博里就失踪了。有人说他进山了，有人说他再也不回来了。妒忌与骄傲使他永远安宁不了，他只配跟黑熊做伴去。

第四章

好学故事,促进头脑风暴?

一 鲁迅对寿先生

鲁迅先生自幼聪明好学。十二岁时，他正在三味书屋读书，他的先生是戴着阔边眼镜、待人和气、正派博学的寿镜吾[①]。一次，上对课之前，一位同学偷看了先生出的题目："独角兽"，便向鲁迅求对。鲁迅不知道是对题，顺口回答："四眼狗"。上课了，寿先生说："今天的对课题是'独角兽'。"那位同学抢先站起来，对以"四眼狗"。鲁迅先生很着急，想阻止他已经来不及了。因为寿先生戴着眼镜，所以这"四眼狗"的对句，引起同学们的哄堂大笑。

寿先生瞪大眼睛，厉声斥道："独角兽是麒麟，四眼狗是什么？胡闹！"接着，有的对以"二头蛇"，有的对以"八脚

[①]寿镜吾，鲁迅的教书先生。鲁迅十一岁时到三味书屋师从寿镜吾先生读书。

虫",还有的对以"九头鸟"。寿先生都不满意,指名让鲁迅来对。只见他不慌不忙地回答:"比目鱼"。寿先生高兴地说:"'独'不是数词,是'单'的意思;'比'是'双'的意思,这都对得很好。不足的是,第二个字都是厌声,总算是难为你了。"

另一次,先生出的题目是:"陷兽于阱中。"

鲁迅对以:"放牛归林野。"

这句话出自《尚书》,对得工而雅,得到了寿先生的好评。

二 孔子拜师

有一次,孔子带着学生出游。大路上,几个孩子在高兴地玩修城。车夫吆喝孩子们躲道,孩子们也不躲,照样修。小家伙们也真机灵,城修得挺像,城墙垛得老高。孔子等了一会儿,见孩子们照样专心地玩,根本没有给他让道的意思。

孔子走下车,来到孩子们跟前,对孩子们说:"我的车要过去,你们怎么不躲道哇?"

一个叫项橐的孩子,搓着泥乎乎的小手,抬起头来,并没有回答孔子,而是反过来问他:"先生,您知道我们在做什么吗?"

"修城啊。"孔子回答。

"那么,请问先生,是应该车给城躲道呢,还是城给车躲道?"

"当然是车给城躲道啦。"

"那么今天呢?"项橐逼问。

"车给城躲道。"孔子很赏识项橐的胆量和见识，缓缓地坐回车里。

他刚想叫车夫绕"城"而过，偏巧这时又下起雨来，豆大的雨点儿，噼里啪啦地落了下来。

孔子坐在车里，望着路旁的湖水，只见风吹湖水，荡起千层涟漪；雨落沙滩，溅出万点沙窝。他灵感顿生，便出口吟道："风吹湖水千层浪，雨打沙滩万点坑。"

他的声音刚落，项橐就走到他的车前，问道："先生，您数过它们吗？"

"没有。"孔子回答。

"那么，您又怎么知道是千层浪、万点坑呢？"

"这……"孔子语塞，不知该怎样回答好，沉思了一下说："依你看，该怎么说好呢？"

"风吹湖水层层浪，雨打沙滩点点坑。"项橐抑扬顿挫地吟诵起来。

孔子一边听，一边点头，他拉住项橐泥乎乎的小手说："我应该拜你为师。"

三 神童解缙

明朝有个解缙也叫解学士，幼年家贫，父亲早故，靠母亲纺织度日。村里有一私塾，解缙六岁那年，看到别人家的孩子都去上学，也央求母亲让他到学堂读书。由于家贫缴不起学费，解缙便在塾馆外偷听先生讲书。解缙聪明过人，过目不忘，一点便通，先生很是喜欢他，便让他免费上学。

解缙到塾馆后，总是早来晚归，非常用功。他比别的孩子学得快，学得多，记得牢，八岁便读完了"四书""五经"，学会了作诗答对，街坊邻居称他为神童。

这年春天，下了一场大雨。雨停以后到处是水，路很滑。解缙放学回家，必须从一座寺庙前经过，这时几个小和尚故意排着队站在干处，让解缙从积水处走过。解缙不小心滑倒了，那些小和尚拍手大笑。解缙很气愤，略加思考，就在寺墙上写了这样的诗句："春雨贵如油，下得满街流。滑倒解学士，笑死一群牛。"众和尚见了无言以对，灰溜溜地进寺去了。

村里有个绅士却不以为然，一个穷娃子上了几天学便会作诗？真是岂有此理！他有意试一试解缙的才学，便在自家门前栽上了一些绿竹，门前写道："门对千棵竹。"解缙放学回家，路过这里一看，便提笔对出"家藏万卷书"的下联。绅士见了很生气，为什么不写"家有万斗金"呢？一气之下将门前绿竹的上半截全削去，将"门对千棵竹"后面添上了一个"短"字，成为"门对千棵竹短"。解缙一看便灵机一动，在"家藏万卷书"后添了一"长"字，便成了"家藏万卷书长"。绅士见了气愤异常，心想，小小乳臭未净的小娃子，还能胜过我一乡名绅？便在对联"短"字后续一字"无"，解缙见绅士添上"无"字，可能将绿竹全部铲除，不慌不忙地在"长"字后面添上了一个"有"字，对联即成"门对千棵竹短无，家藏万卷书长有"。绅士见了十分懊丧，又不敢和神童解缙明斗。

后来解缙十九岁便中了进士，做了大官。

四 听书熟记

汉代的贾逵五岁的时候就非常聪明。他的姐姐听到邻居家孩子读书,就抱着贾逵隔着篱笆听。小贾逵也很乖,不吵不闹,安安静静地听,他姐姐很高兴。这样过了几年,小贾逵长到十岁了,居然能默默地背诵《诗》《书》《易》《礼》等经书了。姐姐对他说:"我们家里穷,老师从不曾进过我们家的门,你怎么知道天下这些经书,而且一句不漏地把它背出来呢?"贾逵说:"姐姐,你不记得啦?你想想看,从前你不是天天抱着我,听邻居家的孩子读书吗?我已经记熟了,今天,我能原原本本地背出来了。"姐姐听了非常高兴。贾逵又剥下园子里的桑树皮,叠起来作为本子写字,他一边背一边记。经过整整一年,把经书都写下来了。贾逵长大后,许多人仰慕他的名声,都从外地前来求学。有的人甚至背着孩子，住在贾逵旁边，向贾逵请教。贾逵不用课本，只是口授经书。学生们感谢老师，送给他一些礼物作为报酬。房子里堆得满满的，当时有人说，贾逵不是耕田，是教书，这种劳动，可以叫作"舌耕"。

五 盲童变成了著名诗人

　　唐汝询十分聪明，三岁就跟着哥哥读书，众人都认为他长大后一定会成为一个博古通今的读书人。然而，人有旦夕祸福，他五岁时生了一场病，性命是保住了，双目却失明了。

　　母亲难过得直流泪："这孩子将来怎么办呢？"父亲伤心得直叹气，愁得说不出一句话。为了不让父母担心，哥哥们表示，等长大了会照顾弟弟的生活。

　　小汝询的将来要在一片黑暗中度过，他比谁都要伤心和悲观，觉得生活再也没有什么意义，甚至想到了自杀。过了一段时间，他的情绪逐渐稳定了下了。他想起听过的司马迁忍辱写《史记》，孙膑身残志坚的故事，心想："老是伤心于事无补，将来靠别人养活也不是办法，应该学些真本事，古人能做到的，我也一定能做到。"想通了以后，小汝询每天都让哥哥们领着去书房，专心致志地听他们读书，并把听到的文章和诗歌牢牢地记在心里。

　　开始时效果不错，哥哥们念的一些文章、诗歌，小汝询差不

多都能背诵下来，可是时间一长，需要记的东西太多了，有些东西记不牢了。看来，光靠死记硬背是不行的。"怎么办呢？"他苦思冥想也想不出好的办法。

一天，小汝询又在想办法，突然听到哥哥读书的声音。在听了几句之后，小汝询高兴地大喊："太妙了！"把读书的哥哥都惊动了。原来，哥哥读的是太古人结绳记事的故事。小汝询受到启发，便决心学太古人来"结绳读书"。他仿照太古人的做法，在几根粗细不一的绳子上打上各式各样的疙瘩，用来表示学习的内容，在没有人念给他听的时候，就自己摸着绳结，高声朗读。后来小汝询又想出个办法，用刀子在木板或竹竿上，刻出各种各样的刀痕当记号，记文章和诗歌效果很不错，几年以后，已经能写诗了。

唐汝询一面学习，一面创作，一生写下了上千首诗，出了好几部诗集，成了明代著名的盲人诗人。对于一个双目失明的人来说，要取得这样的成就，需要多大的毅力呀。

六 如果我能唱

"如果我能完整唱一首歌，那将是对你的感恩和赞美。苦难中你给我安慰，彷徨时你给我智慧。"——这首歌叫作《如果我能唱》，所有听过的人，都会为之感动，不为别的，就因为它的作者——黄美廉，一个坚强乐观的小女孩。

黄美廉，一个与众不同的人。从她出生到现在，就没有过上正常人的生活。那是因为接生医师的过失，撞到头部，黄美廉的头到今天都有一个大凹洞，使她自小就得了脑性麻痹。就因为这个本可以避免的医疗事故，黄美廉六岁以前，都不能说话，不能下床走路，像一团软泥瘫在床上，甚至有位医生看她当时的情形，摇着头，判定黄美廉活不到六岁。本可以美满的家庭，却因为黄美廉的诞生而受到了沉重的打击。但即使黄美廉体弱多病又怪模怪样，家人仍然会常常带她出去，让黄美廉知道无论她长得如何不同，他们仍然爱着黄美廉，而且不会因为有这样的孩子而感到羞耻。

虽然黄美廉和别的孩子不一样，行动不方便，但他父母坚持让她上学，而且和别的同学一样写功课，从来没有让黄美廉享受过特权。但是别的小朋友在幼儿园就会握笔写字，而小学一年级的黄美廉，连笔都握不住，怎么写功课呢？是妈妈握着她的手，一笔一画牵着写的；过了一年，黄美廉有了很大的进步，开始试着自己拿笔写字，虽然刚开始很困难，她试了千遍万遍，终于可以拿起笔来，开始写简单的字和画画。

在黄美廉14岁那年，她全家都移民到美国。可黄美廉连半句英语都听不懂，甚至连麦当劳都不知道是什么，美国对黄美廉来说完全是陌生的。要在一个全新的环境，不同的语言、不同的文化背景下生活，她要面对的是更多的冲击和痛苦。但黄美廉鼓励自己——既然不能回台湾，就多学习、多看书、多画画吧。后来甚至敢于对欺负她的同学做出反击。结果，到中学毕业时，黄美廉在学校内外参加美术展览中得到很多奖项和荣誉。黄美廉知道要做一个成功的艺术家，是要学很多美术理论和画画技巧。黄美廉对自己在中学的画画技巧还不太满意。于是，就在老师的指导下，先上东洛杉矶学院，然后转到加州州立大学洛杉矶分校。黄美廉从大学、直升硕士，到现已取得博士学位。

在大学时黄美廉主修艺术，辅修心理学。每天都很努力在课室上课，在画室画画，在图书馆中找数据、打报告，别人三四小时就完成的报告，黄美廉却要花十小时以上才能完成，因为左右手不协调，手写还比打字快，有的同学看她这样子用功，就主动和她做朋友。黄美廉从大三开始就用奖学金来支付生活费和学费。到现在都是自给自足，绝不成为别人的负担。

她的故事，是当代的传奇，就像她的画，奔腾活跃，色彩缤纷。我们不但在作品中看到了力与美，更看到了她好学的态度。认真的孩子，最美丽！

第五章

亲子故事，可以传递幸福？

一 手心里的字

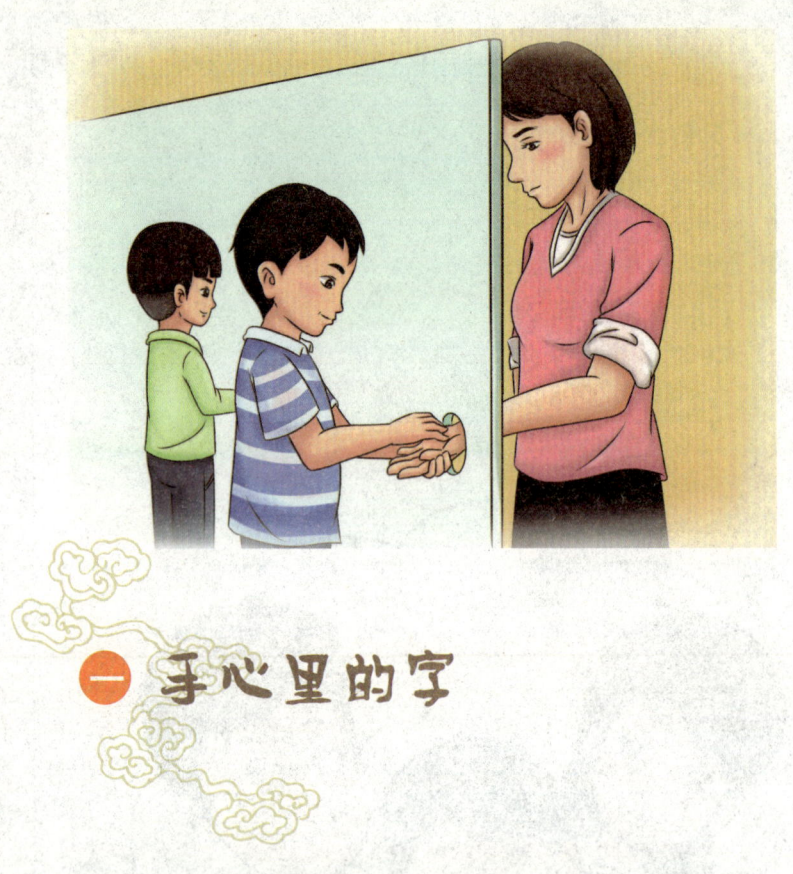

　　王芳到学校参加亲子游戏活动，其中有一个项目是让孩子通过摸手来辨认自己的妈妈。学生与家长都很乐意参加这个活动。

　　妈妈们都被一面大大的白纸板挡住了，备留一个小洞让她们把手伸出来，活动一开始，孩子们纷纷跑上前来仔细辨认这一排手。有的看，有的摸，还有的拿鼻子嗅，热闹非凡。

　　王芳下岗后，昨天刚找了一份工作，是帮别人搬东西。由于是第一次搬，手起了血泡。早上和儿子一起到学校的时候，儿子还拉着她的手说："你的手上怎么有血泡呀？"所以王芳相信儿子一定能够认出自己来。

　　过了一会儿，有个孩子在王芳的手上划了几下后走开了。王芳不知道这是什么意思，猜想大概是哪个学生和自己妈妈约定的暗号吧，也就没有在意。

当那块白板被拉开的时候，王芳没想到儿子竟站在别人面前，这让她多少有点儿不高兴。有几个孩子还是认出了自己的妈妈。主持人问："你们是怎么认出来的呀？"有的说是看到了妈妈的手镯，有的说是闻到了妈妈手上的香水味。

回家的路上，王芳没有说话，儿子却开口了："妈妈，其实我认出你了！"

王芳不解地问："那你怎么没有站到妈妈前面呢？"

儿子低着头，小声道："如果我站在你面前的，老师一定会问我是怎么认出来的。如果我说妈妈下岗后当了搬运工，手上起了血泡，别人一定会用同情的眼光看着我们，我们不需要别人的同情……"

王芳顿时愣在了那里，她突然明白了，儿子在自己手上画下的其实是个"妈"字。

二 宝剑传给谁

从前，有一个老头有三个儿子。儿子都长大了，老头也上了年纪。家里有一口祖传宝剑，剑鞘镶金裹玉，剑锋寒光凛凛，是一口价值连城的宝剑。老头一合计：在他有一口气的时候，要把这口宝剑传给哪个儿子，免得他死之后，几兄弟为这口宝剑争吵动手。这样来看，就得考考三个儿子，看看谁够格，就把宝剑给谁。这天，老头把三个儿子叫到跟前："你们三个也都大了，往后都要开门过日子了。我一辈子没留下什么，家里珍藏一口宝剑，是传家之宝。往后你们谁做的好事最大，这口宝剑就传给谁！"哥仨一听说："好！"老头又说："我给你们三年期限，每人给三十两银子。"

先说老大。老大走到一个堡子头上，见有个大水泡子，围了很多人在喊叫："救命——快救命啊！救命啊！"老大就跑上前去，听围观的人说："一个小孩在河边玩，掉到河水里了。谁也不懂水性，眼见这孩子快淹死了。"老大一听，二话没说，连衣服也没顾得脱，就跳进河里，在水底摸呀摸呀，到底把小孩摸上来了。摸上来以后，孩子半死不活的，老大就嘴对嘴给孩子换气。小孩子活过来了，邻居们都感激他，小孩的爹妈更是感激得没法说。这是救命恩人哪！就把他拉到家里，好饭好菜好侍候。在这家住了好几天，老大就告辞走了。

老二呢，也是晓行夜宿。这天走到一个热闹集市。刚进集市，只见一辆大车的牲口不听使唤，往人多的地方冲过去了。车老板慌了神儿，拽不住赶不正。正在这个节骨眼上，老二赶到这里，豁出命，把马勒住了，车就不动弹了，避免了很多人伤亡。这样，老二也做了一件大好事，当场的人都感激他。车老板把他请到家里，好吃好喝好侍候，感激得没法说。老二在这住些日子要走，车老板不让走，不让走不行啊，他爹说过："谁做的好事多，好事大，这宝剑就传给谁。"他还要做好事呀，这么着就走了。

再说老三。老三走了好长时间也没找到好事，他爬了一坡又一坡，爬上一个陡峭的山崖。他看见石崖头上有个人倒在那了，上前一看是个酩酊大醉的人，仔细一端详：哟，这人怎么这面熟呢？原来，这人跟他家是三代世仇，左一次右一次打官司，始终也没解开这个仇。老三一看正好，我给他踢下去吧。不对，不能踢，不然他在石崖上一翻身，还不滚下去摔个碎呀！何必杀人沾两手的血呢。他转身想走，一想不对，人在危难的时候，哪能袖手旁观呢？别看他跟我们家三代有仇，我也得救他，想罢，就轻轻把他唤醒。醉酒这人一看，面前竟是三代仇人，自个又醉了，身体不听使唤，有点畏缩。老三看他那个哆嗦样儿，就说："你不要害怕，别看咱俩家三代有仇，你在生死关头，我不能害你。三代仇，宜解不宜结，我把你救活了，往后你记不记仇就在你了。"喝醉酒的那个人感动极了，流出了眼泪说："真没想到，我的仇人会救我。"感动得不知作揖好，还是磕头好，扭扭歪歪抱住了老三。老三把他搀下山后，他说什么也要请老三到他家做客。老三说："不用了，我还有要事在身呢！"说完了，老三就走，再也没遇到新鲜事儿。哥仨就回家了。

　　老头一看小哥仨都回来了，就问："你们都做了好事了吗？"老大、老二脆快地说："做了，可好哩！"老三蔫不唧儿地没出声儿。老头让三个儿子把自己做的好事，都说了一遍，然后先说老大："你救小孩，是应该做的，谁能见死不救呢？"接着又说老二："老二，你遇到马受惊，也应该拦住，你又是个赶车出身的，别说是你呀，谁遇到也得挺身而出啊！拦惊马，这是应该的呀！"老头又对老三说："老三，你做的可是一件大事呀，你不单救了一个人的性命，你还通过救人解了两家三代的世仇。你说得对，冤仇宜解不宜结。你做了最大的好事，这样，我家这口传家宝剑就得传给你了。"

三 胜负与爱相比

父亲和儿子都是高尔夫球的爱好者，两人的球技都颇不错，但他们从没有在一起打过球，这是父子二人第一次在一起打高尔夫球。两人兴高采烈地玩着，不知不觉间，两人的好胜心都渐渐增强起来。一会儿父亲领先两杆，一会儿儿子领先两杆，胜负在两人间不断交替，竞争相当激烈。

第18洞，是决定父子二人最终胜负的最后一洞。儿子先来，他的成绩是两杆入洞。现在，就看父亲的表演了，倘若他能一杆入桐，他就赢得了这次比赛。父亲深深地吸了一口气，在场地边走动着，眼眶一直注视着球洞。终于，他挥起球杆，向球击去，球正好落入洞中。

父亲兴奋地将拳头举向空中，庆贺自己绝妙的一击。他看着气馁而又有些不服的儿子，说道："儿子，我敢打赌，刚才你一定在祈祷，千万别让我击中这杆球！"

儿子走到父亲身边，说道："不，爸爸。无论在什么情况下我都会为你获胜而祈祷！你不是也一直这样为我而祈祷吗？"

与爱相比，胜负又算得了什么呢？

四 父爱没有力学

他是一个研究力学的专家，在学术界成绩斐然，也曾经在课堂上再三提醒自己的学生们："在力学里，物体是没有大小之分的，主要看它飞行的距离和速度。例如一个玻璃跳棋弹子，如果从十万米的高空中自由落体掉下来，也足以把一块一米厚的钢板砸穿一个小孔！如果是一只乌鸦和一架高速飞行的飞机相撞，那么肉体的乌鸦一定会把钢铁制造的飞机撞出一个洞来。"

那一天，他正在实验室里做力学实验，忽然门被"砰"的一声推开了。

"咱们孩子很危险，你快去看看吧！"他的妻子惊恐万分地跑来告诉他。

原来他们那先天有些痴呆的女儿爬上了一座四层楼的楼顶，正在楼顶的边缘玩耍，随时都有掉下来的可能。

听完，他的心一下子就揪了起来。他一把推开椅子，连鞋都没来得及穿就跑了出去。在他赶到楼下的时候，他的许多学生都已经惊慌失措地站在那里了。由于无法确定女孩会在哪个方向跳下，救生人员无法有效地展开营救工作。只见他的女儿穿着一条天蓝色的小裙子，正站在高高的楼顶边上，两只小胳膊一伸一伸的，模仿着小鸟飞行的动作想要飞起来。看见爸爸、妈妈跑来了，小女儿欢快地叫了一声就从楼顶上向楼下父母的方向跑来，顿时从高楼上跌落。在场的很多人吓得"啊"的一声，连忙捂住自己的眼睛，而他的很多学生也紧紧抱住他的胳膊。看到女儿像中弹的小鸟般正垂直下落，平时手无缚鸡之力的他突然推开紧拉他的学生，一个箭步朝那团坠落的蓝色云朵迎了上去。

"危险——"有一位营救队员高声喊道。

"啊——"

随着一声惊叫，那团蓝云已重重地砸在他伸出的胳膊上，他感到自己像被一个巨锤突然狠狠地砸了下去，腿像树枝一样咔嚓一声折断了，眼前一黑就什么也不知道了。

他醒来的时候，已经躺在医院的抢救室里两天了。他的脑子幸好没有受损，很快就清醒了，可是下肢打着石膏，缠着绷带，阵阵钻心的疼痛让他忍不住倒抽冷气。他那些焦急万分的学生对他说："你总算醒过来了，你站在高楼下面接孩子真是太危险了，万一……"

他微笑着看了看床边自己安然无恙的小女儿，又看了看泪水涟涟的妻子说："我知道危险，搞了半辈子力学，我怎么能不懂这个呢？只是在亲情里，只有爱，没有力学！"

没错，在亲情中，除了一种比钻石更硬的爱的合力之外，再没有其他的力学，爱是发自灵魂里唯一的一种力。

五 一条胳膊和一条腿

这是一个来自越战归来的士兵故事。他从越南打电话给他的父母，告诉他们："爸、妈，我回来了，可是我想带一个朋友同我一起回家。""当然好啊！"他们回答，"我们会很高兴见到的。"

不过儿子又继续问："可是有件事我想先告诉你们，他在越战里受了重伤，少了一条胳膊和一条腿，他现在走投无路，我想请他回来和我们一起生活。"

"儿子，我很遗憾，这个或许我们可以帮他找个安身之处。"父亲又接着说，"儿子，你不知道自己在说些什么。像他这样残障的人会对我们的生活造成很大的负担。我们还有自己的生活要过，不能就让他这样破坏了。我建议你先回家然后忘记他，他会找到自己的一片天地的。"就在此时儿子挂断了电话，他的父母再也没有他的消息了。几天后，这对父母接到了来自越南警局的电话，告诉他们，他们那亲爱的儿子已经坠楼身亡了。警方相信这只是单纯的自杀案件。于是他们伤心欲绝地飞往越南，并在警方带领之下到停尸间去辨认儿子的遗体。

那的确是他们的儿子没错,但惊讶的是儿子居然只有一条胳膊和一条腿。

故事中的父亲就和我们大多数人一样。要去喜爱面貌姣好或谈吐风趣的人很容易,但是要喜欢那些造成我们不便和不快的人却难了。

然而要感谢上帝,有些人却不会对我们如此残酷。他们会无怨无悔地关爱我们,不论我们多么糟糕,总是真诚地接纳我们。

朋友和家人的一句话,有时候既可以救人一命,也可能会造成无可挽回的后果,因此,多用爱去关怀身边的人。

六 不喝水的老牛

这是一个真实的故事。故事发生在西部的青海省,一个极度缺水的沙漠地区。这里,每人每天的用水量严格地限定为三斤,这还得靠驻军从很远的地方运来。日常的饮用、洗漱、洗衣,包括喂牲口,全部依赖这三斤珍贵的水。

人缺水不行,牲畜一样,渴啊!终于有一天,一头一直被人们认为憨厚、忠实的老牛渴极了,挣脱了缰绳,强行闯入沙漠里唯一的也是运水车必经的公路。终于,运水的军车来了。老牛以不可思议的速度迅速地冲上公路,军车一个紧急刹车戛然而止。老牛沉默地立在车前,任凭驾驶员呵斥驱赶,不肯挪动半步。五

分钟过去了,双方依然僵持着。运水的战士以前也碰到过牲口拦路索水的情形,但它们都不像这头牛这般倔强。人和牛就这样耗着,最后造成了堵车,后面的司机开始骂骂咧咧,性急的甚至试图点火驱赶,可老牛不为所动。

后来,牛的主人寻来了,恼羞成怒的主人扬起长鞭狠狠地抽打在瘦骨嶙峋的牛背上,牛被打得皮开肉绽、哀哀叫唤,但还是不肯让开。鲜血沁了出来,染红了鞭子,老牛的凄厉哞叫,和着沙漠中阴冷的酷风,显得分外悲壮。一旁的运水战士哭了,骂骂咧咧的司机也哭了。最后,运水的战士说:"就让我违反一次规定吧,我愿意接受一次处分。"他从水车上倒出半盆水——3斤左右,放在牛面前。

出人意料的是,老牛没有喝以死抗争得来的水,而是对着夕阳,仰天长哞,似乎在呼唤什么。不远的沙堆背后跑来一头小牛,受伤的老牛慈爱地看着小牛贪婪地喝完水,伸出舌头舔舔小牛的眼睛,小牛也舔舔老牛的眼睛,静默中,人们看到了母子眼中的泪水。没等主人吆喝,在一片寂静无语中,它们掉转头,慢慢往回走。

七 我身上裹着的是我的父母

北极生活着一种浑身长满绒毛、小巧玲珑的毛茸茸鸟儿——绒鸭。它们的绒毛比天鹅的羽毛还要柔软。

这一天,一只活泼可爱的小绒鸭悄悄降临在这个世界上,面对它的却是一片永远也望不到边的冰天雪地。它的父母为了这个孩子,不知花费了多少心血。为了确保这个尚未出生的孩子不被冻死,它们已经近一个月从未离开过巢,也没有吃过什么食物了……现在,它们首先要做的,就是先给这个浑身光秃秃的小绒鸭做一床温柔暖和的新"被褥"。

父亲一大早就出去了,到处寻找适合做"被褥"的材料。它冒着难以忍受的严寒,找了整整一天。可是在这被冰雪严严实实覆盖着的北极,除了雪还是雪,除了冰还是冰,上哪儿去找这适合做"被褥"的材料呢?

但是,父亲还是不甘心,它还要四处去找、拼命去找,到更远的地方去找。因为它深知,如果不给这个刚刚出世的孩子做一个温暖的窝，要不了几天，幼小瘦弱的孩子就会在这极度寒冷的北极被活活冻死的。

又一天过去了，父亲还是垂头丧气地回来了。眼看着刚刚出生的幼小孩子仍在寒冷中痛苦地挣扎、颤抖，"不能等，一分钟也不能再等了。"突然，父亲做出了一个大胆、新奇的决定，它开始用嘴一根一根地往下使劲拽着自己身上的绒毛。

妻子仿佛也心领神会，各自都争着要拽自己身上的绒毛，但谁也争不过谁，谁也劝不住谁。到后来，小绒鸭的父亲每拽下一根自己身上的绒毛，小绒鸭的母亲也要拽下一根自己身上的绒毛……它们你拽一根，我扯一根，一根一根地比着、争着往下拽。父亲全身的绒毛被拽光了，成了一个血肉之躯，母亲仍不愿停止，直到拽光了自己身上的绒毛，也成了一个血肉之躯……

小绒鸭的父母用这种近乎自残的方法，终于为小绒鸭铺好盖好，做了一个温暖如春的窝。父母身上的绒毛，成了紧紧包裹在孩子身上也是世界上最温暖的"被褥"。父母博大的爱化作了世界上最珍贵、最难得的"摇篮"。

刚刚出生在北极寒冷中的小绒鸭是很容易被冻伤冻死的，然而，这一只小绒鸭却没有受到任何寒冷的袭击。当它长大后，它的好朋友问起这其中的缘由时，小绒鸭想了想，给了它的朋友一个惊人的、同时也是感天动地的答案——"因为我身上紧紧裹着的是我的父母！"

第六章

美德故事，培养无限爱心？

一 舜种麻籽

舜小的时候，亲娘就早早过世了。父亲续了个后娘。后娘生下个弟弟，起名叫象。舜和象虽说是弟兄俩，日子过得可差远了。舜整天不光是挨打受骂，吃着粗茶淡饭，穿着破烂衣，还得干脏活累活；象却是娇生惯养，吃好穿好，啥活也不干。就这样还不行，后娘为了想让象独占家产，还天天谋划着要把舜害死。

有一天，舜的父亲叫舜和象弟兄二人去地里种麻。后娘见是个机会，就起了歹心。她在一旁恶狠狠地说："叫他们弟兄俩分开种，各自种各自的。谁的麻种不出来就甭想回家！"说完之后，她背地里就偷偷把舜的麻籽炒成了熟的。

弟兄二人往地里去的路上，象走几步就捏些麻籽吃，因为他生性爱占小便宜，就伸手去抓了把舜的麻籽，放到嘴里一尝，香喷喷的，比自己的要好吃，他就闹着要和哥哥换麻籽。舜忠厚老实，处处让象几分，二话没说，就跟象换了麻籽。

结果，麻籽种下去四五天，舜种的很快就出齐了。象种的地里还是一块白。舜也不把后娘的话放在心上，拉着象就一同回家去了。后娘一听说这事，气得半天说不出话来。

一计不成，又生一计。后娘又想出个坏点子：让舜清理院子里的井，等舜一下到井里，她就和象抬来一块磨盘，把井口死死地盖了起来。他们母子俩心想，这下舜可活不成了。后娘就高高兴兴地到厨房给象煎了两个鸡蛋，让象吃了个痛快。

舜刚下到井里就见上面堵住了井口。他在井下急得团团转，正在着急的时候，突然见井下有个洞，里边还有亮光照过来。于是，他便顺着亮光走过去，看又是一眼井。

舜就从这眼井里上来了。原来自家的井和邻居家的井下面通着呢！舜活着又回到了家里，后娘和象大吃一惊，两人差点儿气死。

两回都没把舜害死，后娘还是不甘心。又过了些天，她又想出了更狠毒的一招：让舜上房修房顶，点火烧死他。后娘做贼心虚，怕舜觉察不肯上，就假装亲昵地对舜说：“好孩子，你看天气多热，给你这把伞，干会儿歇会儿，可别累着了。"舜没在意。当他拿着工具上到房顶时，后娘马上变了脸。她在这边抽掉了梯子，象就在那边点火烧房子。后娘在下边恶狠狠地冷笑着说：“上次你从井里钻了出来，这回我看你还能从天上飞下来不成！"火越烧越大，舜在房上急得来回跑。正在危急的时候，他转眼看见了身边的伞，就连忙把伞撑开，"嗖"的一声，从房上跳了下来，连一点儿皮也没有擦破。后娘一见舜真的从天上飞了下来，当时就吓得瘫倒地上了。

后来，人们看舜忠厚老实，宽宏大量，就推选他做了首领。舜当了首领，并不跟后娘记仇，还是照样孝敬她。后娘不由得满脸羞愧，一气之下就碰墙自尽了。

二 吴王和蛤蟆的故事

扬州是中国历史上一个有名的古城，非常美丽。但是，早先扬州并不是这样好。那时候，这块地方是属于吴国的地盘，非常荒凉，处处杂草丛生，蚊虫成群。后来，这里又怎样变成花红柳绿、稻谷丰产的宝地的呢？原来和吴王夫差遇见一只蛤蟆有关。

很久很久以前，中国分成几十个大大小小的国家，它们之间连年不断地打仗，老百姓被搞得家破人亡，妻离子散，不得安生。如果一遇到灾荒，就更苦啦！吴国也和别的国家一样，经常派军队去攻打周围的邻国。有一年秋天，吴国遭了水灾，眼看到手的秋谷全都给水淹没了,连谷种都没有收到。

　　老百姓整天饿着肚子,吴王夫差看到这个情景,心里很是着急,他和大臣们商量,决定亲自领兵攻打北方的齐国,抢些粮食回来度荒年。

　　一天傍晚,他领着人马走到一个山沟,迷失了方向。他立刻派了几个士兵到附近去找个向导来带路,自己则坐在马上等着。不大一会儿工夫,士兵们回来报告说,周围连个人影都没见到。眼看太阳落下山,夫差就干脆下令叫人马扎下营盘,等第二天再去找人。他正准备下马休息,突然看见远处有一个人从草地上飘飘悠悠地向他走来。他感到很奇怪,就手提宝剑向前迎去。走近一看,原来是个年轻的姑娘,那姑娘好看极了,黑黑的头发披到了双肩,圆圆的脸像红红的苹果,两只眼睛一闪一闪的像天上的星星。不等夫差开口,那姑娘就在他的马前施了一个礼问道:"大王,你到哪儿去?"夫差望了望她,答道:"孤王要到齐国去筹粮!"姑娘又问:"那么,你怎么不走呢?"

　　夫差就把迷路的事告诉了她,并请她带路。姑娘听夫差说完,满口答应下来。她朝夫差笑了笑说:"不过,我在没有给你带路以前,请大王告诉我几件事情。"

　　夫差听她答应带路着实开心,就说:"好,你说吧。"姑娘把手指了指天空问道:"大王,你说天上有没有太阳?"夫差原以为她要问什么难题的,一听问的是这个,便哈哈大笑说:"有啊!"

　　姑娘又问:"大王,你说地上长不长稻谷?"

　　夫差说:"长啊!"

　　姑娘接着问:"那么你为什么要到齐国去抢粮呢?"

　　夫差被姑娘问得怔住了,只好把遭遇水灾筹粮度荒年的事,原原本本告诉她了。姑娘听了夫差的话,跪下叩了一个头说:

"大王,我们都是黄帝的儿女,分散居住在四面八方,天下的百姓全是一家人,一家人怎么能互相仇杀呢?"夫差想不到这个年轻姑娘竟敢当面责问他,刚想发作,举剑把她砍了,但转念一想,还得用她带路,只好忍了忍气,大声吼道:"不去打仗,叫我拿什么给百姓吃呀?"

姑娘不慌不忙地说:"大王,只要你使百姓安康,我就会帮你忙的!"

夫差听了半信半疑。心想,口气不小,小小年纪能帮我什么忙?姑娘见夫差怀疑的样子,便转身举手朝地上一划,说也奇怪,大地裂开了一个长长的大口子,一片金光闪闪。夫差连忙跳下马来一看,口子里装的全是饱满的稻谷,足足可供吴国吃好几年。他惊奇极了,忙问姑娘是什么人?这些稻谷又是从哪儿来的?

姑娘微微一笑:"大王,我是你脚下的臣民,这稻谷是我每年在收割以后从田野里拾来堆藏到这里的,现在就送给你吧!"

姑娘说完就变成一只蛤蟆,一蹦一跳地走了。夫差恍然大悟,感动极了,朝着蛤蟆爬去的方向鞠了一躬,打消了去攻打齐国的念头,命令士兵把稻谷搬出来,除留下一些做种外,其余的全部分给老百姓度过饥荒。

夫差就自己带领士兵在这里住下来,开山造田,耕耘播种,没有几年工夫,吴国就渐渐地富起来了。

三 以贤德为人

过去有个隐士侯嬴，是魏国首都大梁东门的守门人。魏公子信陵君听说侯嬴是个贤者，就举办了一次大宴会宴请宾客。待宾客都坐好后，信陵君率领一队车马，把车中左边的客位空着，亲自去迎接守东门的侯嬴。侯嬴领公子去了一趟市场，等来到信陵君家中，侯嬴被当作最尊贵的宾客。侯生对信陵君说："今天，我为你所做的事已经很不少了。我本是东门看守大门的人，而你以魏国公子的身份屈尊驾车迎接我。而在稠人广众之中，本不应去，可是我故意带你去了一趟市场。我为了成就你礼贤下士的声名，所以才故意让你和你的车马停在市场那么长的时间，来观察你，你的态度却更加谦恭。市场上的人都认为我是个小人，而认为你是个有道德的人，能礼贤下士。"

原来，信陵君去迎接侯嬴，侯嬴说："我有个朋友在市场中的屠宰店干活，想借你车驾去拜访他。"侯嬴下车去见他的朋友朱亥，和朱亥聊天，暗中观察信陵君，信陵君的面色反而更加谦和。市场上的人都围着看，信陵君的随从都暗中责骂侯嬴。侯嬴看信陵君面色仍然没有变化，还是那么谦和，这才辞别朋友上了车。

西汉武帝时的大臣廷尉张释之等待觐见皇帝，三公九卿等高官显贵都在场，有个老人王生说："我的袜带松了。"回头对张廷尉说："给我把袜带系上！"张廷尉笑笑，毫无怨言地帮他系上了。有人对王生说："为什么在大庭广众之中，单单要侮辱张廷尉呢？"王生说："我年纪很老了，地位又低，自己认为没有什么办法能对张廷尉有所帮助。张廷尉是如今天下有名望的大臣，所以才让他当着大庭广众的面跪下给我系袜带。我是想让张廷尉更被世人看重啊。"那些高官显贵听了，认为王生是个有贤德的人，也更加尊重张廷尉了。

汉朝武帝时期的大臣汲黯，常常见了大将军卫青不跪拜，只行个平揖礼。有人对汲黯说："皇帝打算让群臣都以下属的礼仪拜见大将军，你不应该见大将军不跪拜。"汲黯说："以大将军那样尊贵的地位，却有平揖的朋友，不是更被世人看重吗？"大将军卫青听了这话，认为汲黯是贤德之人。

【寄语】

一个人谦逊的品德，平时可能看不出来，可是一到了他人所无法忍耐的场合，其与众不同之处就彰显出来了。

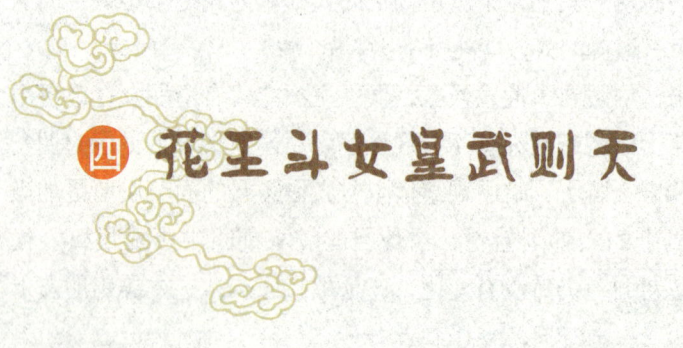

四 花王斗女皇武则天

全国各地的牡丹数洛阳牡丹最好。洛阳牡丹为什么比其他地

方好呢？

　　武则天废了唐睿宗后，自己当了女皇，改国号为周，称号是圣神皇帝。武则天把反对她的人都给整垮了，最后打败了徐敬业、骆宾王的十万大军，取得了天下。

　　这年冬天，鹅毛大雪下个不停，长安城里一片洁白，大臣们讨好地对武则天说："万岁治国有方，威震四海，如今天下太平，瑞雪纷飞，明岁定然五谷丰登，国泰民安！"

　　武则天听了这话，心里十分高兴，命宫中摆宴，她要饮酒赏雪。不一会儿酒宴摆上来了，武则天一边喝酒，一边吟诗，她一时高兴，就走到院里观赏起雪景来了。她看到后宫院内白花花的一片，花芦树木也都披上了银装。虽说瑞雪兆丰年，但总觉得颜色单调，草木凋零，心里就有几分不痛快。这时她已经有点醉意，宫女劝说："天色不早，万岁起驾回宫吧，明天再来观赏。"武则天也觉得难以支撑，就由宫女扶着回宫了。但她心里

还有点不高兴,就叫宫女拿来文房四宝,写下了一旨诗:

明朝游上苑,火急报春知。

花须连夜发,莫待晓风吹。

写完,她就迷迷糊糊地睡着了。第二天一清早,宫女们慌慌张张地禀报:"启禀万岁,上苑的百花连夜开放了!"

武则天觉得很奇怪,一看案上的诗,她就明白了,这是百花奉旨开放了。武则天心中大喜,就带着宫女们到了上苑。

再说上苑的百花正在寒冬中休养生息,准备来春献花。忽然接到武则天的圣旨,命她们连夜开放,一个个惊慌失措。只有花王牡丹全不理会,她劝大家说:"武则天太专横,她已经乱了人世,还想来乱花时,不要理她!"

百花说:"姐姐法力高强,抵挡得住;我们道行浅薄,不敢抗争。"

牡丹仙子冷笑说:"武则天再厉害,也不过是人间凡王,我看她能把我怎样。"说罢,牡丹仙子仍然在雪中休养生息,其他百花不敢抗旨,只得仓皇开花了。

清晨,武则天带领宫女来到上苑,看到百花破雪绽开,万紫千红,满院生辉,武则天心里十分得意。突然,她看到花木丛中,还有几株披霜裹雪,没有开放,仔细一看,全都是牡丹,不由得勃然大怒:"大胆牡丹,如此放肆狂妄,竟敢抗旨犯上!速将她逐出长安,发配洛阳邙山。"

就这样,牡丹被武则天贬到邙山。但洛阳人爱花成性,看到邙山上添了新花,家家户户都来移栽培植。待到来年,牡丹仙子也不辜负洛阳人的爱戴,加倍出力,把各色牡丹开通了邙山上下和洛阳城内外。

这年,武则天到洛阳游春,看到邙山上人山人海,热闹非凡。催轿到上边一看,原来大家都在观赏牡丹。那牡丹和往年长安宫里的可大不一样啊！她们有千层叶瓣，万种颜色，千姿百态，娇艳无比！武则天一看，心里更加有气，怒骂："好个牡丹，我把你发配洛阳邙山，叫你永世孤单，不料你这般卖弄风情，招蜂惹蝶，这回我叫你断种绝代！"说罢，就命人放火烧山。游人散了，武则天也怒冲冲地走了。

再年春天，武则天得意扬扬地来到邙山，想看看牡丹的焦枝枯叶，但她到了那里，却大吃一惊。原来，这年的牡丹比往年开得更茂盛，游人也比往年更多！她细看牡丹的枝叶，只见杆茎上带有黑印，想必就是去年烈火焚烧的痕迹了，她无可奈何地叹了一口气说："天意不可抗，民意不可违，朕年老矣。牡丹气数未尽，难与抗争！"

没过几年，武则天老死了，而洛阳牡丹却年复一年，越开越旺。人们把被烈火焚烧过的牡丹称为"焦骨牡丹"。

五 颜回拾金不昧

颜回是孔子的大徒弟。他幼年丧父，家境贫寒。体弱多病的白发老母给财主缝缝补补，挣点干粮供母子充饥。他家每天只喝两顿粥。先生看他瘦弱，面色焦黄，便同情地问："唉！看你皮包骨头，骨瘦如柴，都吃什么饭？"他坦然一笑，乐呵呵地回答："先生，我每餐都是两碗稀粥外加两张饼。"颜回在困境中发奋读书，在众多学生中，他是学习成绩拔尖的一个。一个乳名叫小三的同学嫉妒他，故意到先生那栽赃说："颜回这小子偷了我的毛笔和墨砚！"孔子半信半疑，第二天他把颜回叫到自己屋内，开门见山地问："你拿过同学的笔墨吗？""没有！"颜回脱口而出，"先生，我再穷，也绝不干这见不得人的事。"孔子便没追问。事后，他想出一个办法：一天中午放学前，孔子在颜回回家路上放了一锭耀眼闪光的金子，金子上压着一块长方薄木板，他在木板上写了几个字，然后躲在暗处窥伺。

回家途中，颜回饿得肚子咕咕直叫，四肢无力，他迈着疲倦的步子，心里却在默默记着学过的诗句。"嘣噔"一声，脚被绊了一下，他停住脚步弯腰一看，发现了那锭金子！他左手捡起木板，右手拾起闪光的金子，只见木板上写着几个大字："天赐颜回一锭金"，是哪位好心的朋友怜我生活困难，暗暗资助？颜回拿着金子，迷惑不解。

孔子在远处瞥了他一眼，心里猜疑道："今天，我用这个

'镜子'能把他照得真假分明。他若昧下这金锭，说不定那毛笔、墨砚就是他拿的……"

颜回手中掂着金子，心里想：这金子固然是难得的财宝，可是，母亲经常教育自己，人穷志不穷，不能贪图别人的东西……于是颜回弯下腰，把那金子放回了原处，头也不回地走了。

第二天清晨，教室里还没来一个学生，先生故意把讲台上的茶碗掰成两半，又对在一起，放到教桌上。课上，孔子用教杆一拍教桌，"咣啷"茶碗分裂两半，他装着生气的样子，对众学生问道："谁打的？又暗暗拼到一起？""是颜回干的好事！"小三抢着说。先生瞪着威严的目光走了过去："你看准了？""嗯。"小三忐忑不安地回答。"果然不出我料想，好吧！先伸出右手来。"孔子一边打小三的手心，一边说："再叫你落井下石，栽赃冤枉好人！"孔子回到教桌前，把暗放金锭的事，详详细细地复述了一遍。

最后，孔子对大家说："颜回拾金不昧，能拿别人笔墨吗？以后谁再任意诬陷好学生，要受罚的！"小三羞愧地低下了头。从此，穷孩子颜回再也不受窝囊气了。

六 女化蚕

过去人们传说，上古的时候，有个女孩的父亲出外远行，家里没有别的人，只有这个女孩子。家里有一匹雄马，女孩亲自喂养。她一个人住在僻静的地方，很想念父亲，就跟马开玩笑说："如果你能替我把父亲接回来，我就嫁给你。"马听了这句话，就挣脱缰绳跑了，一直跑到女孩的父亲所在之处。父亲看到马很惊喜，便骑上去。马看着跑来的方向，悲哀地鸣叫不止。父亲说："这匹马无缘无故这样鸣叫，难道是我家里出了事吗？"便急忙骑马回家了。由于这马不同于一般牲畜，因此主人给它多加草料喂养。但马不肯吃，每次看到女孩子走进走出，就又兴奋又愤怒地踢腾。这样的情况不止一次了。女孩的父亲对这件事感到奇怪，私下问他女儿。女儿把以前对马开玩笑的事告诉他，马一定是为了这件事。父亲便说："不要声张，这事恐怕会使我们家受辱，暂时不要出去了。"于是埋伏用弩把马射死了，剥下它的皮放在庭院中曝晒。父亲外出，女孩子与邻家的女孩在晒马皮的地方游戏，女孩子用脚踢了马皮一下说："你是畜生，却想娶人做妻子吗？最后招到剥皮的惩罚，何苦呢？"话未说完，马皮突然飘起来，裹着女孩子飞走了。邻居的女孩又慌又怕，不敢救她，跑去告诉女孩的父亲。他回来后四处搜寻，都找不到女儿。过了几天，父亲看到一棵大树的树枝间，女儿和马皮都变成了蚕，在树上结了丝。它的茧又厚又大，与平常的茧不同。邻居的妇女取下它来喂养，所收的茧是平时的好几倍。因此给那株树取名叫"桑"。"桑"，就是丧的意思。从此，百姓都种养这种树和蚕，就跟现在一样。

  这是关于蚕桑起源的古老传说，是一则批评不守信者的古老故事。这个背弃诺言的女孩却受到了变成蚕的惩罚。

七 仁鹿护群

楚元王从郁郴凯旋归来后在云梦泽大举围猎。有群约一万多只的鹿跑到山背去,楚王带着军队紧追不放。到了晚上,这群鹿被围困在一条大山谷里,四面立着似墙壁一般陡峭的山崖,中间只有一条狭窄的山路通向山凹处。楚王说:"很晚了,留下些部队堵塞它们的退路,明天将这群鹿全捉了,这是上天赐给我慰劳军队的啊。"天一亮,楚王命令集中兵力环绕着谷口,他自己也手持弓箭,做好围猎的准备。

忽然,有一只巨鹿突破重围跑到楚王面前,它跪下前膝好

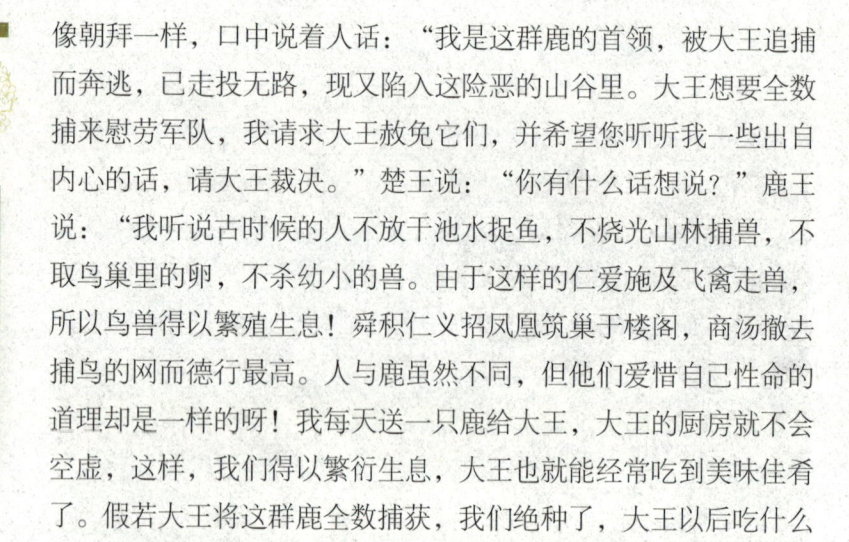

像朝拜一样,口中说着人话:"我是这群鹿的首领,被大王追捕而奔逃,已走投无路,现又陷入这险恶的山谷里。大王想要全数捕来慰劳军队,我请求大王赦免它们,并希望您听听我一些出自内心的话,请大王裁决。"楚王说:"你有什么话想说?"鹿王说:"我听说古时候的人不放干池水捉鱼,不烧光山林捕兽,不取鸟巢里的卵,不杀幼小的兽。由于这样的仁爱施及飞禽走兽,所以鸟兽得以繁殖生息!舜积仁义招凤凰筑巢于楼阁,商汤撤去捕鸟的网而德行最高。人与鹿虽然不同,但他们爱惜自己性命的道理却是一样的呀!我每天送一只鹿给大王,大王的厨房就不会空虚,这样,我们得以繁衍生息,大王也就能经常吃到美味佳肴了。假若大王将这群鹿全数捕获,我们绝种了,大王以后吃什么呢?这样做对大王有什么好处呢?请大王考虑!"

听完这席话,楚王就把弓箭扔到地上,说:"你也是王,我也是王,你爱你的同类,跟我爱我的臣民,有什么不同呢?伤害你的同类,就是伤害我的臣民啊!"楚王于是下令:"有敢杀鹿的,与杀人的罪一样!"楚王又告诉鹿王说:"回去告诉你的同类,我将看着你们走出山谷。"就让鹿王先走,楚王登上山顶观望。巨鹿回到鹿群中,把楚王的意思告诉它们。接着巨鹿在前面引导,其他的鹿紧紧跟随,发出吼叫声走出山谷。楚王感叹不已,率军返回都城。

后来楚国讨伐吴国没有取胜,只好撤回。吴军为了报复,以乘机大举侵略楚国,楚国奋起抵抗,不幸再次失利。楚王只好深挖战壕,加高堡垒、加固城墙,力图挫敌锐气,希望减弱吴军的斗志。此后楚国又到处部署疑兵以迷惑敌人,但吴军斗志还是很旺盛,楚王深感忧虑。有一天晚上,吴军回到营房,忽然听到外面沸沸扬扬,好像万马奔驰。吴军以为邻国增援的救兵到了,赶紧连夜撤退。楚王很惊奇,第二天环绕着吴营一看,只见地下到处都是鹿的蹄痕。

为此,他赞扬鹿王挺身救助同类的大仁大勇精神,以及知恩图报的高贵品德。

八 义牛传

义牛,指的是江苏宜兴县桐棺山农民吴孝先家中的公水牛。这头牛力气大,并有德性,每天耕耘山田二十亩,即使饿得厉害,也不吃田中庄稼。吴孝先把它当作宝贝,让他十三岁的儿子吴希年去放养它。吴希年跨骑在牛背上,任随牛儿游荡。义牛正在山溪边吃草,忽然一只老虎从义牛背后的树林里出现了,企图袭击希年。义牛发觉了,随即转身面对老虎,继续慢慢地边走边啃着草。吴希年很害怕,伏在牛背上不敢动,老虎看到义牛过来了便蹲下等待着,准备等牛靠近时,立即夺取牛背上的小孩。义牛在要靠近老虎的时候,便迅速冲向前,猛力撞击老虎。老虎正流着口水,盯着牛背上的小孩,还来不及躲避,便被撞翻了,仰跌在狭窄的溪水中,不能翻转。溪水阻塞,淹没虎头,老虎死去。吴希年赶着牛儿回家告诉父亲,他召集众人把老虎抬回来,并把它烹煮吃了。

有一天,吴孝先和邻居王佛生因用水发生争执。王佛生富裕却很残暴,向来被同乡的人所怨恨,大家都不认为他有理,而

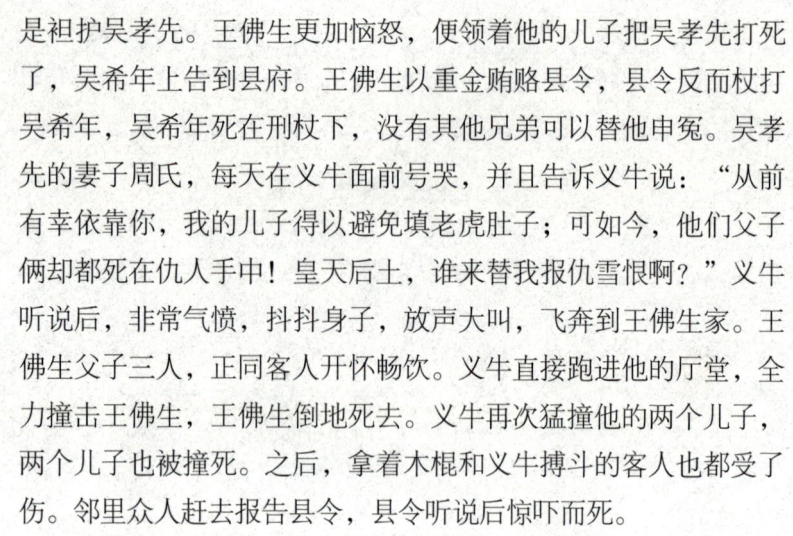

是袒护吴孝先。王佛生更加恼怒，便领着他的儿子把吴孝先打死了，吴希年上告到县府。王佛生以重金贿赂县令，县令反而杖打吴希年，吴希年死在刑杖下，没有其他兄弟可以替他申冤。吴孝先的妻子周氏，每天在义牛面前号哭，并且告诉义牛说："从前有幸依靠你，我的儿子得以避免填老虎肚子；可如今，他们父子俩却都死在仇人手中！皇天后土，谁来替我报仇雪恨啊？"义牛听说后，非常气愤，抖抖身子，放声大叫，飞奔到王佛生家。王佛生父子三人，正同客人开怀畅饮。义牛直接跑进他的厅堂，全力撞击王佛生，王佛生倒地死去。义牛再次猛撞他的两个儿子，两个儿子也被撞死。之后，拿着木棍和义牛搏斗的客人也都受了伤。邻里众人赶去报告县令，县令听说后惊吓而死。

　　本文写义牛护主和为主复仇的故事。义牛在虎口下救护了小主人，但主人父子两代竟死于富豪与贪官之手，这说明劣绅贪官比虎狼更为凶残。义牛奋起报仇，撞死劣绅士，吓死贪官，令人拍手称快。

第七章

趣味故事，快乐无比一生？

一 电视机的遭遇

在制造电视机的工厂里，一批电视机经过严格的检验，合格准备出厂了。在这时候，电视机们居然交谈起来了。

"我多么兴奋啊！"其中一架手提式的电视机说，"我觉得自己好像一个饱读诗书、刚接受毕业证书的学生，正要奔向社会，为人们服务！"

"是呀！"另一架50厘米桃木壳的电视机答道，"我也有同感！从前的人们说：'半步不出门，能知天下事。'那是说报纸的功能。可是，我们比报纸更卓越了，我们叫人们半步不出门，能见天下事！我感到幸福，因为，我快为人们服务了！"

"可不是么！"一架60厘米大型的电视机说，"我们就是古人梦寐以求的千里眼，通过奇妙的电波，使人类大开眼界，我们何止幸福，还是无上光荣呢！"

这样，电视机们越谈越兴奋，通宵达旦地畅谈着。

不久，电视机出厂了，经过了电器商的宣传，电视机又很快发售到各家各户去了。电视机来到新的户主里，受到了热烈的欢迎，老人家、大叔大婶、小姑娘、大孩子，还有小娃娃都聚在电视机前欣赏。电视机更像一个达到理想的毕业生似的，自豪得很，因为这家人都成了电视迷啦！

可是，电视机渐渐发觉这家人有点变化了。老人家开始诅咒电视机了。它听见他们说："看呀，自从电视机来了，孩子的功课退步啦，大明三科不及格，小兰还留级呢！唉，那不是电视机，简直是留级机！"

还有呀，电视机里成天宣传什么有奖，孩子们都学会了要奖品，希望侥幸得奖，那培养侥幸心理才害人呢！"

"女儿成天听歌，她不要读书，说要像电视机里的歌星那样，要去学唱歌啦！"电视机听到了很多说它的坏话，心里开始有点不快乐了。可是，它也身不由己。你看，电视里又播放残忍打斗的电视剧了。它也只好眼睁睁地看着自己在慢慢残害幼小的心灵，但它有什么办法呢？

更大的祸害终于发生了。家里一个只有四岁的小孩，看过电视里的飞来飞去的武侠电视剧，好奇地去模仿，从高高的床上跳下来，摔断了一条腿！

电视机对着小孩，禁不住哭起来了。这时候，全家人都不再欢迎电视机，把它卖掉了。

电视机被放在一个卖旧货的杂货摊，它碰到了不少一起毕业的同学，大家谈起来，都有相似的遭遇，大家都不禁抱头痛哭起来了。

二 愚人节

四月一日"愚人节"，又叫"万愚节"，欧美各国都把这一天当作互相愚弄，彼此开玩笑的特别日子。在这一天被捉弄的人，尽管心中不高兴，但为了表示自己的风度，也只能一笑置之。

据说，愚人节起源于中国西周时代周幽王烽火戏诸侯的故事。你相信吗？现在就请来听听这个荒唐的故事。

西周时代，幽王是一个残暴的国君，但他很喜爱美女，时常派人到各处去寻找。只要见到漂亮的女子，便把她抓到皇宫里，强迫她做自己的宫女。

幽王的大臣褒珦劝他不要这样，幽王很生气，就把褒珦关了起来。

一天，褒珦的儿子褒洪德，经过河边，看见一位美丽的女子，名叫褒姒，洪德心里想："如果我把褒姒带去见幽王，幽王一定会很高兴，说不定会释放我父亲。"洪德把褒姒带到皇宫，幽王一见褒姒，立即被她的美丽所吸引。幽王非常兴奋，立刻把褒珦释放了。

　　幽王自从得到褒姒以后,每天和她住在琼台喝酒玩乐,完全忘记他原来的皇后,并且公开宣布说:"褒姒是我最疼爱的新妃子啊!"

　　太子宜臼听了很生气,便跑到琼台,扯着褒姒的头发,狠狠地将她打一顿,把她打得遍体鳞伤。褒姒哭哭啼啼地向幽王告状,说:"我已经怀孕两个月,太子还这样打我,我不要活了!"幽王十分震怒,立刻下令把皇后打入冷宫,把太子废为平民,并且立褒姒为皇后。从此,幽王干脆不管国家大事,天天都陪着褒姒玩乐。

　　褒姒虽然当上了皇后,还是整天愁眉苦脸,幽王想尽办法,都不能使褒姒笑一笑,他因此烦恼极了。

　　这时,幽王的一个臣子告诉幽王说:"以前我国恐怕敌人来犯,曾在骊山下建了二十个烽火室和几十面大鼓,作为召集诸侯的警报,也许新皇后会对这个有兴趣。"

　　当天晚上,幽王便点燃烽火,敲响大鼓。诸侯看见火焰熊熊冲上云霄,听到鼓声咚咚震动天地,都以为敌人来袭,一个个带领军队,急急忙忙连夜赶来援救。

　　诸侯抵达骊山,竟然只见幽王和褒姒在喝酒作乐,并没有敌人的影子,才知道自己上当了。诸侯彼此苦笑,心中怨恨不已,带领军队回去了。

　　褒姒看到诸侯狼狈的样子,忍不住哈哈大笑,说:"真是太滑稽了!真是太滑稽了!"

　　褒姒这么快乐,幽王自然高兴不已。

　　有一天,周朝的敌人犬戎国真的派兵来攻。幽王着急地派人点燃烽火,想召集诸侯来援助。但是,诸侯都以为幽王在开玩笑了,没有一个愿意再去当傻瓜,被人取笑寻开心。

最后，幽王单薄的军队，被犬戎轻易地打败了。

幽王和褒姒在混乱之中，被乱箭射中，双双结束了性命。同时，西周王朝也就这样结束了。

听完这个故事，你是不是觉得很荒唐很可笑呢？幽王为了取悦褒姒，随便欺骗诸侯，这是多么荒唐的行为啊！

在愚人节这一天，可别对你的朋友开太过火的玩笑，因为那是会伤害感情的哦！

三 小阿凡提的故事

能办到的事

爷爷叫小阿凡提去买只山羊。他来到市场门口，正好碰见一个男孩牵着一只山羊站在那里，便问："这山羊怎么卖？"

"卖呀！"男孩心慌意乱地回答说，"唔，不，不卖！"

小阿凡提听男孩前言不搭后语，感到十分奇怪，又问："你咋说话吞吞吐吐的，到底卖不卖呀？"

小阿凡提这么一盘问，男孩才把实话告诉了他："我爸爸叫我把这只山羊卖掉，用卖来的钱买三个饼、一斤肉，把山羊仍然牵回家。世上聪明绝顶的人，这事也办不到呀！"

"哦，原来如此！"小阿凡提想也没想，脱口说道，"朋友，你用不着犯愁，这是能办得到的事呀！"

男孩两只眼睛滴溜溜一转，恳求说："大哥哥，您有什么好办法，求您告诉我！"

小阿凡提望着男孩，对他说："朋友，你把山羊毛剪下，拧成绳子，用卖掉绳子的钱买上三个饼、一斤肉，再把山羊牵回去，不就得了！"

男孩一听，乐得眉开眼笑……

卖酒瓶

小阿凡提家里很穷，一天他捡来三个空酒瓶，拿到一家店铺去卖。店铺老板给他每只瓶子算了五个铜板。正在这时，一个大人也提着三个空瓶来卖，可是老板却给他的一个瓶子算了十个铜板。

第二天，小阿凡提不知从什么地方又找来三个空酒瓶，并用木棍做了两条高高的假腿，结结实实绑在脚上，"咯噔咯噔"地踩着到那家店铺去。

"小阿凡提，你这是在出什么洋相？"老板吃惊地问道。

"唉，来您这儿卖东西，不是个头越高给的钱越多吗？"小阿凡提吐吐舌头说，"小孩子卖一个瓶子，您只给五个铜板；大人卖一个瓶子，您就给十个铜板；我想，今天您一定会一个瓶子给我十五个铜板喽！"

老板害臊得连满腮的白胡子都在抖动。他害怕自己欺骗小孩的事传出去丢人，只好用三十个铜板买下小阿凡提带来的三个瓶子，并又补付了昨天少给的铜板。

四 环境卫士

一天清早，昆虫王国的科学家竹节虫先生早起散步。它一边走一边呼吸新鲜空气。突然，它闻到了一股强烈的鲜牛粪的气味，这臭气差点把这位清瘦的竹节虫先生熏晕过去。它定睛一看，原来是蜣螂先生滚着粪球走来了。

"早安，蜣螂老兄。"竹节虫彬彬有礼地向蜣螂问好。原来，昆虫王国有一条不成文的规定：凡劳动者，不管它从事什么劳动，都应受到大家的尊重。蜣螂费力地把后足放下来——它向来是拿着大顶滚粪球的。滚粪球时用后足推着，前足着地，中足轻轻抓住粪球，倒退着走。"竹节虫老弟，你好。"蜣螂说完这句话，又匆匆地拿着大顶滚着粪球走了。"多勤快的先生！要不是他和他的同类，全世界早就被粪便埋没了。"竹节虫先生望着蜣螂的背影说。

是啊，蜣螂先生十分勤劳。你看，大清早的，它已经把一个粪球运到家了。蜣螂先生用力推着粪球，爬上了小土坡那边的一个地洞。洞口的泥巴门上挂着一块有半个蜣螂先生那么大的牌子，上面画着一个粪球、一只甲虫和一扇门，翻译成汉字就是："蜣螂宅"。

蜣螂先生推开泥巴门，把粪球推了进去，自己小心翼翼地顺着墙边走到洞底——这是贮藏室，里面都是粪球。因此这小小的贮藏室里充满了十分强烈的牛粪味，要是刚才那位竹节虫先生来到这里，非被熏死不可。蜣螂先生认真地点着粪球的数目："一二三四五六七八九十，十九八七六五四三二一。"它数了半天后，一下子跳起来，在空中转了一个三百六十度的圈才落下地来。它跑到贮藏室往上第三个房间，一头撞进去，大声叫着："夫人，我们已经有了十个粪球了！"蜣螂夫人挺着大肚子，有些不放心地问："真的？我的产床准备好了，我们的小宝宝可就要出生了，它们生出来营养会充足吗？"

"十个粪球呢！营养保证足足的！"

啊，原来蜣螂先生辛辛苦苦地滚粪球，是为了下一代健康成长啊！这是一位多么了不起的爸爸！

后来，竹节虫先生在它的著作《昆虫与人类》中写道："蜣螂滚粪球是为了让自己的下一代得到足够的营养，同时也为人类充当了清洁工，消除了粪便，它和人类的关系十分密切。"

竹节虫先生的著作发表后，在各昆虫王国引起很大震动。昆虫联合国秘书长斑蝶女士在昆虫联合国第九千九百九十九次大会上提议授予蜣螂先生"环境保护奖"。这项提议得到了各国代表的一致赞同。在颁奖那天,蜣螂夫人抱着它那几十个宝贝儿女们坐在电视机前为蜣螂先生鼓掌庆祝。蜣螂先生此刻也沉浸在无比的自豪之中。

五 巧呆子

战国时代,宋国有个青年,出外学习三年以后,回到家中,不像从前那样亲热地喊"妈妈"了,竟然直呼起妈妈的名字来了。

他的妈妈非常生气,就问:"你出外学习了三年,怎么竟然叫起我的名字来了?"

儿子说:"尧和舜是古代伟大的贤人,我们都是喊他们的名字,天和地对我们的恩情最大,我们也是喊他们的名字。妈妈的德行不会超过尧舜吧,恩情也不会大过天地吧,所以我就叫你的名字了。"

他妈妈听了这番话以后,不禁哑然失笑,她心里想,我怎么养了个呆儿子,怎么越来越蠢了呢?她就说:"儿啊,你弄错了,你应当知道,儿子本来就是喊妈的,不叫名字,这跟喊尧舜、喊天地是两码事。你所学到的知识,你打算都完全照着做吗?如果是这样,那么你理解错了的东西,应当纠正,以后不要再喊我的名字了。如果你学到的知识，并不打算照着做的话，那么还是暂时不要喊我的名字吧。"

六 傻子学习

从前，蔡州有一个很富的财主，娶有几房妻室，可是到老了，只有一个傻不拉几的儿子。傻子十八岁那年，财主曾为他先后请了好几位私塾先生，可学到最后，他连"一"字也没学会，把先生一个一个都气走了。为这事，财主愁得整天吃不下饭，睡不好觉。一天，管家给他出了个主意，说："要是给少爷备些银子，叫他到外面闯荡闯荡，见些世面，模仿人家说话办事，或许能学到些东西。"财主琢磨着管家的话也有些道理，就备些银两让傻儿子出去了。

傻子带了三十两纹银，顺着官道南行，不一日来到一座山庄。这山庄的王财主和傻子的父亲是至交，酒后饭毕，就让傻子安歇在客厅里。到了半夜，王财主的儿子外出回来后，使劲敲门，把傻子惊醒了。隔壁屋里有个女子娇滴滴地问："谁呀？"王财主的儿子答道："我呀！"

"咋这么晚才回来？"

"我一时高兴啊！"

她招呼说："快睡觉吧！"

"当然了。"男子拖着长腔说道。

傻子听了这对年轻夫妻的一番对话,觉得怪有意思,就翻身起床,拿出十两纹银求王财主的儿子教他学。虽然只有三句话,可傻子一直学到天明方会背。

这天,傻子饭后无事溜出山庄爬山。说来也巧,不知山沟里啥时候竟死了一只老虎。傻子正在撒尿,忽然看见这只怪物,和家里客厅挂的家伙一模一样,可不知道它叫啥名字,就好奇地用石头猛砸一下,正好击中老虎头部。再细看一会,还不见动静,喜得傻子跑过去,骑到虎背上玩耍起来。正在这时,光山知县与一帮随从打这路过,看到此情,急忙命令衙役上前询问。衙役带傻子过来。

知县问:"这只老虎是谁打死的呀?"

傻子顺口答道:"我呀!"

"你能打死这只老虎吗?"

"我一时高兴啊！"

知县命衙役下马伺候，追问了一句："这只老虎真的是你打死的吗？"

傻子得意地说："当然了。"

于是此后傻子被前呼后拥地送进县衙。喜得傻子猴舔屁股似的，分外神气。吃喝招待不必细说。

到了半夜，一名刺客为报父仇，翻墙进去刺杀了知县一家。第二天，衙役在检查现场时，发现傻子门前有一把匕首。因为傻子与知县同住，头一天晚上宴散后，唯独傻子和知县在客厅里闲叙，所以傻子被当成嫌疑犯带进大堂。知府一拍惊堂木问："知县一家是谁杀的，你可知道？"

傻子答道："我呀。"

"你为啥要杀死知县全家？"

"我一时高兴啊！"

"罪犯供认不讳，打进死囚，秋后正法！"

傻子不明白这句话的意思，还以为请他赴宴哩，就得意地说："当然了。"

师爷拿着他的手去画押，他还以为是教他写字，不耐烦地说："还没吃饭哩。"

众役哪管他吃饭不吃饭，一副木枷给傻子戴上了，前拉后推地把他装进了木笼。转眼立秋已过，傻子身首分家。这就是死搬硬套而酿成的悲剧。

第八章 寓言故事，保证脑洞大开？

一 开天辟地

很早以前，宇宙是黑乎乎的一团，好像一个大鸡蛋。盘古就躲在大鸡蛋里，呼噜呼噜地睡着。这样过了一年又一年，他始终没有醒过来。

到了第一万八千年的某一天，盘古忽然醒了。他坐起身子，慢慢地睁开眼睛。结果，他发现四周一片漆黑，什么也看不到。盘古伸手往前摸了摸，感到很不舒服，他忍不住大声吼叫："好讨厌啊！四周这么黑，什么东西都看不到，而且到处都是黏黏的。"

盘古想了一会儿，然后打定主意说："这个昏暗的世界，实在一点生气都没有，我得设法来改变它。"盘古说做就做，他随手抓起一把大板斧，往前跨了一步，用力劈去。

"哗啦！"

一声巨响传来，大鸡蛋突然裂开了。盘古发现周围有许多像蛋白一样，既轻又清的东西，冉冉上升，变成了"天"；还有一部分像蛋黄重而浊的东西缓缓下降，变成了"地"。

天和地分开以后，盘古怕它们还会重新合起来，就头顶着天，脚踩着地，用力伸长身子，把天和地顶住。

"咳！咳！"

盘古鼓足了气力，每天将身子伸长一丈。这样又过了一万八千年，天和地的距离越来越遥远了。最后，盘古的身高足足有九万里那么长，他就像一根长柱子一样，撑在天和地之间。

盘古孤零零地站着，看起来十分勇敢！这样不知又过了多少年，天和地的构造已经渐渐稳固，盘古也感到累极了。盘古自言自语地说："好累呀！这件工作看起来可以结束了。我多么需要休息啊！"

盘古看看四周，认为天和地不会再复拢了。于是，他踉踉跄跄地往前跨了两步，"砰"的一声倒在地上死了。盘古临死的时候，感到这个世界只有天和地，实在太单调、也太冷清了。于是，他把嘴里呼出的气息变成了风和云，声音则变成"轰隆！轰隆"的雷鸣。

他把左眼变成明晃晃的太阳，右眼变成美丽温柔的月亮。他的血液变成了奔流不息的江河；筋脉变成一条一条的道路；肌肉也变成了肥沃的土壤。

他的头发和胡须则变成天上的星星；皮肤和汗毛也化作花草树木。

他的牙齿变成了闪闪发光的金属。

他的骨头变作坚硬的石头。

他的骨髓则化为圆亮的珍珠和温润的玉石；身上流下来的汗

珠，也变成了雨露和甘霖。

他哭泣时掉下的眼泪，会使江河泛滥。

他爽朗的笑声，则形成了风和日丽的晴天。

他的怒火会让天空布满重重烟云。

他的头颅化作崇山峻岭。

他心脏的跳动则变成悦耳动听的潮声。

他的四肢变作大地的四季。

他的脾气化成瞬息万变的天气。

盘古虽然死了，但是，他身上的一切已经和天地紧紧结合在一起，永远滋润着天地万物，永远和万物密不可分了。

二 八仙过海

唐朝的时候，京兆地方（今陕西省长安区）有个读书人，名叫吕洞宾。吕洞宾曾参加两次进士考试，但都没有被录取。那时，吕洞宾已经四十六岁，觉得很没面子，整天躲在酒家喝酒。有一天，吕洞宾在酒家遇到一位叫钟离权的道士。钟离权用法术让吕洞宾进入梦境。在梦中，吕洞宾考中状元，又当了十年宰相，不料后来得罪皇帝，被判充军，妻子和儿女都被卖做奴隶。醒来之后，吕洞宾了悟人生如梦的道理，说："享尽几十年的荣华富贵，原来只不过是一瞬间的事。到这种富贵，也不见得是真正的快乐！"因此，吕洞宾便跟随钟离权到黄鹤岭，学习成仙的

法术。后来，吕洞宾果然学成仙法，名列"八仙"之一。

所谓"八仙"是指八位仙人，他们分别是：铁拐李、钟离权、蓝采和、张果老、何仙姑、韩湘子、曹国舅和吕洞宾。现在，我们就来听听"八仙过海"的故事。

有一天，八仙向西王母拜寿回来，驾云经过东海的上空，只见一片白浪滔天，波涛汹涌，煞是壮观。于是，八仙决定要到海面上玩一玩。

吕洞宾说："大家把自己的宝物扔到海面上，借着它渡过大海，比一比谁的神通大，好吗？"八仙安稳地顺着汹涌的波浪漂去，这与腾云驾雾有很大的不同，别有一番新的刺激和情调，大家玩得好不快乐。

这时，曹国舅突然用手指着右边，大声喊着："看哪！那里有座海市蜃楼！"

大家转头一看，只见一座仙山渐渐地从海里升起。山上有树木，有楼房，一会儿就升到半空中，慢慢地变成天边的浮云，一转眼，那浮云被海风吹散了。

韩湘子说:"我们真是眼福不浅!蜃气是海里蛟龙嘘出来的气体,百年难得一见哪!"

突然,蓝采和不见了。大伙遍寻找不着,张果老猜说:"可能是东海龙王作怪,他不欢迎我们在他的海上大显本事,我们一起到龙宫要人!"

大家来到龙宫,婉言请求龙王放人,龙王不但不肯,还派人追杀八仙。八仙只得用随身法宝当武器,抵抗虾兵蟹将。经过一场混战后,杀死了龙王的两个太子。

龙王气极了,邀请南海、西海、北海龙王来帮忙。这下把八仙惹火了,吕洞宾用酒葫芦吸光海水,其余的人将泰山搬来,往东海一扔,东海立刻变成一座高山。

双方打得惊天动地,日月无光,惊动了太上老君、如来佛和观音大士,他们全都跑来调解。调解的结果是,由蓝采和送东海龙王两片玉版,作为杀死两位太子的补偿;泰山则由观音大士负责搬回原处。

因为这一场纠纷,八仙被玉皇大帝降级一等。从此,八仙再也不敢到外面惹是生非了。

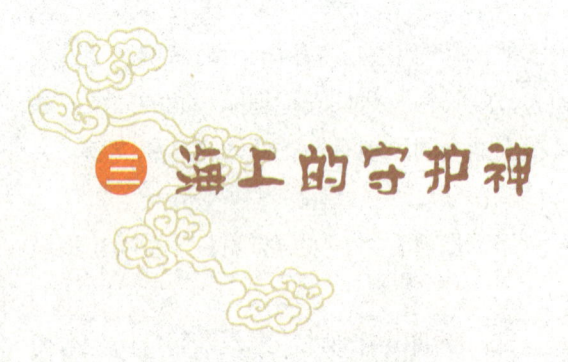

三 海上的守护神

妈祖本名叫林默娘,是宋朝时候的人。据说,她常在海上显灵,保护渔民安全,所以被奉为"海上的守护神"。

排行老幺的默娘，有一个哥哥、五位姐姐。她小时候，个性沉静，常常喜欢一个人躲在书房里看书。由于默娘聪明过人，领悟力高，书中许多深奥的道理，不需老师讲解，她自己就能解了。

默娘生性善良。有一次，父亲带她到河边游玩，发现有人在钓鱼，鱼篓里装了几条活生生的鱼。默娘看见那些鱼痛苦地挣扎着，心中不忍，便对父亲说："爹，那些鱼好可怜！我们把它们买下来，放回河里去，好不好？"

父亲被女儿善良的心地所感动。于是，买下了鱼，并且帮助默娘把它们全部放生。

默娘渐渐长大了，由于她有一颗慈爱的心，乐意帮助别人，所以邻居们都很喜欢她。

有一天，一位穿着破烂衣服的老道士来到村里，村里人都嫌他脏，一个个躲得远远的。只有默娘很诚恳地请他进屋休息，还泡上热茶招待他。

道士觉得默娘十分善良，就对她说："小姑娘，你是一位很有爱心的孩子，你应该发挥慈悲心肠，去拯救世人啊！"

老道士说完，便拿出一本《玄微秘法》传授给默娘。

默娘的家乡是个海岛，居民大都靠海为生；他的父亲和哥哥也经常坐船到外地做生意。每次他们出海，默娘总会跪在佛像面前，祈求上天保佑父兄和其他船只的安全。

有时候，夜里海上风大浪高，默娘便悄悄地提着灯笼，站在海边山坡上，高举灯火，为海上船只照明。在大风中的船只一看到这盏明灯，立刻能辨明方向，安全地驶向港湾。

在一个阴沉沉的天气里，父亲和哥哥又出海去了。正当默娘担心他们的安全时，忽然外面有人焦急地大叫："不好了！有船遇难了。"默娘一听，马上跪在佛像面前，虔诚地祈祷，母亲见默娘一动也不动，便哭叫："默娘，你怎么啦？到底怎么回事？"

只听见默娘一声"啊！"便晕倒在地上，过了一会儿，她才慢慢醒过来，满脸泪水，一句话也不说。这时，哥哥一身湿漉漉地回来了，他气喘吁吁地说："娘，爹爹被大浪卷走了……"

话还没说完，母亲就大哭起来，在一旁流泪的默娘，口里直说："孩儿无能，无法救爹爹。"原来，默娘曾施展法力双手抱起落在海中的哥哥，嘴衔着父亲的腰带，却因为母亲的哭叫，默娘应了一声"啊！"使得父亲掉落海中了。

后来，默娘得道升天，经常在海上显灵，救助落难的渔民。大家便奉她为航海女神，尊称她为"妈祖"。

四 海豚知音

北戴河海滨深海中产的海豚，性格极为温顺，善和人交朋友，也喜听音乐。在北戴河一带流传着海豚和人交朋友的故事。

传说从前有个大商人，开着两艘大商舱，满载着古董货物出海经商，一路上笙歌管弦，奏乐前行。他在半路上遇见了一伙海盗，把船上的人都杀了。海盗头子见商人的女儿很美，想留她做妻子，姑娘道："我和你有杀父之仇，活着就要报仇，我怎么能做仇人的妻子？"

盗魁说："你要是不依从我，我就杀了你。"

"宁肯死，也不能受你玷污。"

"好吧，念你是个孝女，让你留个全尸，大海就是你葬身之处。"姑娘从容地整理好身上的衣服，随手拿出一只竹箫，呜呜咽咽地吹了起来，音调非常凄凉。

在姑娘吹箫时引来一只海豚，把头探出海面听她吹箫。姑娘吹完了箫，就抱着竹箫投海了。她在水中昏昏沉沉漂浮着，突然觉得有人在身底下把她给托了起来，一直把她送到一座石岛边，又把她推到岛上。

姑娘到了岛上，看看怀里的竹箫，也没有损坏，她暗想：这是谁救了自己呢？她留神四处细看，只见海边浅水里有一只海豚，口里叼着鱼游上岛来，姑娘这才明白海豚救了她，把她从大海深处送到这里来的，现在又捉来鱼给她吃，姑娘非常受感动，就把鱼拿来当作充饥食物，找个背风的礁石暂时住下了。

荒岛上没有人烟，姑娘非常孤单，她愁闷时就常常吹竹箫。每当箫声呜咽地响起时，海豚就伏到岸边倾听。有一天，姑娘对海豚说："海豚呵，我在患难中碰到你这个知音。可惜的是，家仇未报，孤岛难安身，你如果真是我的知己，你就把我送到有人的地方去吧。"海豚好像懂她的话，点了三下头就走了。过了四天，海脉引来一只官船。船上的官员见了姑娘，把她救上小船。姑娘把遇到海盗，全家被害，海豚救她的经过哭诉一遍，并且很惊奇地问道："你们怎么会知道这荒岛上有人？"

官员说："我们本来是到山海郡上任的官船，在海里遇见这只海豚，海豚从海里把一只女鞋和一把钢刀送到船上，我觉得这事情很奇怪，所以跟随海豚把船开到这里，不料真就遇见了你了。"

说完官员拿出女鞋叫姑娘认。姑娘见了女鞋，哭道："这是我母亲穿的鞋啊。"那官员又把钢刀拿出来，只见刀柄上刻着一条青龙，他不解是什么意思。姑娘道："海盗们都叫那盗魁为'青龙大王'，刀柄上的青龙是不是'青龙大王'的名字呢？"

"是了，这就是那强盗所用的杀人刀，待本官到任后慢慢查访，把他们捉拿到案就是了。"

官船把姑娘送到岸上。官员说："你有亲戚可投吗？"姑娘道："海豚虽然是个海兽，但它心地善良，不但救了我的命，并且是我的知音，人生难得一知己，我今后要在海边结草为屋，报答海豚知遇之恩，了此一生。"

官员听了姑娘的话，感叹地说："本官到任之后，一定为你报仇。"便开船上任去了。

姑娘在海边搭了草棚，每天吹箫给海豚听。过了不久，那官员真把"青龙大王"捉住且就地惩办了。

姑娘报了家仇，就长期在海边住了下来，海豚每天拾来些鱼虾给她。姑娘靠卖这些鱼虾过活，就这样过了几年。

有一天，海上刮起大风，一共刮了三天三夜。风息了以后，姑娘又坐到海边吹箫，可是海豚却没有来。

姑娘非常心焦，就到礁石上去望海豚。她到礁石上一看惊呆了，原来在刮大风时，海浪把海豚冲到礁石缝中夹死了。

姑娘痛哭了一场，哭完之后把竹箫砸碎了。她说："我失掉了知音海豚，还要它何用！"于是，把海豚尸体和箫埋在了一起。后来姑娘老死在海边。从那以后，人们都知道海豚最聪明，最善和人交朋友。

五 凤凰躲上天

古时候，凤凰和公鸡是一对好朋友，凤凰为哥，公鸡为弟。它们的长相差不多，都有一身好看的羽毛，但比起孔雀来，还差一大截。它们的翅膀没有长力，只能飞上屋，不能飞上天。

有一天，天帝要选十二生肖，各种各样的禽畜鸟兽，都一齐奔赴西天。因为公鸡决心大，路上从不贪闲，连走带飞，结果被它夺了第十名，排上"酉"字位。

天帝一看名单，嘿，这么多的飞鸟，白长了轻巧的翅膀，却给笨重的公鸡争先了，便称赞道："上天也不难，只在有心者！好公鸡，我今天要赐你锦衣一件，从此你就可以自由地飞翔了！"

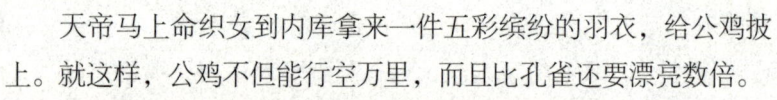

天帝马上命织女到内库拿来一件五彩缤纷的羽衣，给公鸡披上。就这样，公鸡不但能行空万里，而且比孔雀还要漂亮数倍。

公鸡穿着金光耀眼的彩衣，从天宫飞回人间，马上去找凤凰。凤凰见了大吃一惊，心想它如今从西天衣锦归来，身价百倍，我该怎样称呼它呢？然而公鸡依然和过去一样，还是亲亲热热地叫凤凰为哥哥。

自此以后，年年百鸟竞美节，公鸡都要飞到天上去，参加百鸟为它举行的盛大舞会，大家称它为百鸟之王。

公鸡从天上回来以后，总是先去找它的凤哥哥，向凤哥哥讲述百鸟节中遇到的有趣事情，凤凰听了，心里十分羡慕。

又一年的百鸟节到了。凤凰向公鸡恳求："弟呀，年年百鸟节，你都飞到天上去。只留我孤单单在这里，真不好受！好弟弟，今年百鸟节，你那漂亮的彩衣借我用一用，让我也到天上去快乐一番！"

公鸡见凤凰要借自己心爱的彩衣，心里不大愿意，但想想大家是多年的好朋友，也不好拒绝。于是决定只借一次，在天亮以前归还。就这样，公鸡脱下美丽的彩衣，给凤凰披上。凤凰也脱下自己羽衣，给公鸡披上。然后凤凰就辞别公鸡，一张翅膀，扶摇直上，一下就飞到天上去了。

在百鸟节的盛会上，凤凰展开那美丽的翅膀，金光闪耀，翩翩起舞。百鸟都为它伴舞，为它歌唱。这一场面，使凤凰感到十分满足，特别得意。等盛会散后，凤凰忽然想到这身上的彩衣是借来的，不是自己的，如果一旦还给公鸡，就将立刻失去美丽和荣誉。它这样一想，就起了贪心。

这天后半夜，公鸡等在草棚下，左等凤凰不来，右等凤凰不来。它便走到篱笆边，向天空望望，见天快亮了，还是不见凤凰回来，心里十分着急，于是昂起脖子，向天空高叫："凤哥哥，还我哪!凤哥哥,还我哪!"

凤凰在天上听见了,知道公鸡在向它讨还彩衣。它便装聋作哑,任你公鸡怎样声嘶力竭地叫喊,只当不听见。

天亮了,公鸡知道叫不回凤凰,就慢慢停止了啼声。但一到第二天天快亮的时候,它又想起了凤凰的诺言,于是伸长脖子又向天空高叫:"凤哥哥,还我哪!凤哥哥,还我哪!"

年年月月,都是如此。

凤凰自从在公鸡身上赖来了五彩缤纷的羽衣,虽然成为世界上最美丽的飞鸟,但由于它做了亏心事,没有脸再见公鸡,只好永远躲在天上。正因为这样,人间就再也见不到它的踪影了!

六 神奇的树根

很久以前,有一个穷苦的牧羊人,每天都在离家不远的山坡上,看守他仅有的七只羊。

一个秋天的早晨,四处都刮着冷风。牧羊人和往日一样,倚着拐杖坐在山坡上看着他的羊。呼呼的冷风吹得牧羊人直打哆嗦。眼看着寒冷的冬天就要来了,牧羊人想到自己的贫穷和家中嗷嗷待哺的孩子,不禁难过地自言自语:"哎!我可怜的孩子!我这个做爸爸的,要是能够让你们一年到头不愁吃不愁穿的,那该有多好啊!"

说也奇怪，牧羊人话刚说完，突然有一个头上戴着红皮帽，手上拿着一截树根的矮精灵站在面前。

"喂！你跟我来。"矮精灵对牧羊人说，"我带你去看一些你从来不曾看过的宝贝！"牧羊人听矮精灵这么一说，犹豫了一下，就半信半疑地跟着他走了。

走着走着，他们来到了一片大石壁的前面。矮精灵突然举起手里的树根，对着石壁用力敲了三下。

只听到"轰隆"一声，石壁立刻裂开了一个大洞。矮精灵跳进洞里，牧羊人也跟着跳了进去。

"哇！多么奇妙的地方啊！"牧羊人睁大着眼睛，惊讶地叫了起来。原来在这个石洞里有许多全身发黑的矮精灵。每一个矮精灵都围着石洞当中的一堆火焰，忙着打造各式各样的黄金饰物，有的做金项链，有的做金冠，还有的做金戒指的。大家忙得根本没有时间理会刚才闯进来的牧羊人和那个矮精灵。

成堆的黄金在熊熊的火焰照耀下，散放出炫目的光芒。牧羊人简直让眼前的这一幕吓呆了，连一句话也说不出来。

"喂！你别站在那儿发愣啊！你要什么就拿什么！"矮精灵扯了扯牧羊人的袖子说，"不过，你可千万别忘记带走最重要的东西呀！"说完，矮精灵把手里的树根往旁边一放，就不见了。

矮精灵这么一说，牧羊人才大梦初醒似的，连忙拿起放在地上的黄金，装进衣服的口袋里，一直装到身上所有的口袋都装满了为止。

牧羊人看见自己全身所有的口袋都装满了黄金，才高高兴兴地离开了石洞。当他刚一踏出石洞的时候，"轰隆"一声，石壁又回复到先前的形状，一点儿缝隙也没有了。

牧羊人一下有了这么多的黄金，一家人都过着富裕的日子，每天穿漂亮的衣服，吃山珍海味，享受着奢侈的生活。

在牧羊人和他的家人的挥霍下，黄金越来越少了。他们终于把所有的黄金都花光了，又回到了以前穷苦的日子。

牧羊人打算到原来的大石壁那儿，再从石洞里拿出一些黄金来。

于是他又来到了从前到过的大石壁前面，可是石壁上连一条裂缝也没有，更不用说什么石洞了。他不停地呼喊矮精灵，却没有结果。

日子一天一天地过去，无论怎么喊叫，矮精灵一直都没有出现，石壁也始终不曾裂开。因为这个牧羊人当初忘记带走那件最重要的东西——那截神奇的树根！